CW01021922

Universale Economica Feltrinelli

PINO CACUCCI
OLTRETORRENTE

Feltrinelli

Prima edizione ne "I Narratori" aprile 2003
Prima edizione nell'"Universale Economica" settembre 2005
Seconda edizione febbraio 2006

ISBN 88-07-81869-8

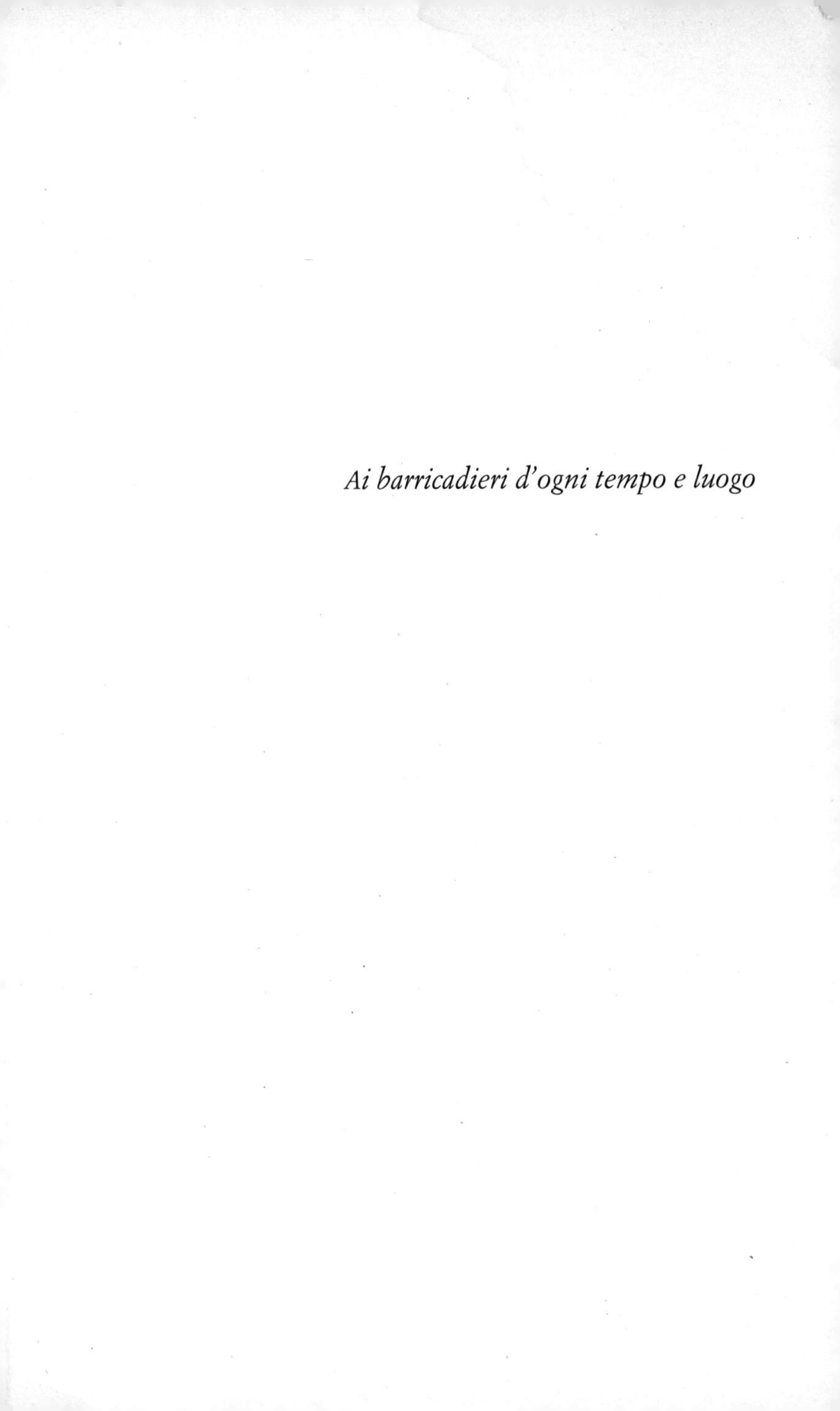

Ai barricadieri d'ogni tempo e luogo

Ricordare il passato può dare origine a intuizioni pericolose, e la società stabilita sembra temere i contenuti sovversivi della memoria.

HERBERT MARCUSE

Si erano vestiti dalla festa
per una vittoria impossibile
nel corso fangoso della Storia.

Stavano di vedetta armati
con vecchi fucili novantuno
a difesa della libertà conquistata

da loro per la piccola patria
tenendosi svegli nelle notti afose
dell'agosto con i cori

della nostra musica
con il vino fosco
della nostra terra.

Vincenti per qualche giorno
vincenti per tutta la vita.

ATTILIO BERTOLUCCI

"Odio gli indifferenti. Credo che vivere voglia dire essere partigiani. Chi vive veramente non può non essere cittadino e partigiano. L'indifferenza è abulia, è parassitismo, è vigliaccheria, non è vita. Perciò odio gli indifferenti.

L'indifferenza è il peso morto della storia. L'indifferenza opera potentemente nella storia. Opera passivamente, ma opera. È la fatalità; è ciò su cui non si può contare; è ciò che sconvolge i programmi, che rovescia i piani meglio costruiti; è la materia bruta che strozza l'intelligenza. Ciò che succede, il male che si abbatte su tutti, avviene perché la massa degli uomini abdica alla sua volontà, lascia promulgare le leggi che solo la rivolta potrà abrogare, lascia salire al potere uomini che poi solo un ammutinamento potrà rovesciare. Tra l'assenteismo e l'indifferenza poche mani, non sorvegliate da alcun controllo, tessono la tela della vita collettiva, e la massa ignora, perché non se ne preoccupa; e allora sembra sia la fatalità a travolgere tutto e tutti, sembra che la storia non sia altro che un enorme fenomeno naturale, un'eruzione, un terremoto del quale rimangono vittime tutti, chi ha voluto e chi non ha voluto, chi sapeva e chi non sapeva, chi era stato attivo e chi indifferente. Alcuni piagnucolano pietosamente, altri bestemmiano oscenamente, ma nessuno o pochi si domandano: se avessi fatto anch'io il mio dovere, se avessi cercato di far valere la mia volontà, sarebbe successo ciò che è successo?

Odio gli indifferenti anche per questo: perché mi dà fastidio il loro piagnisteo da eterni innocenti. Chiedo conto a ognuno di loro del come ha svolto il compito che la vita gli ha posto e gli pone quotidianamente, di ciò che ha fatto e specialmente di ciò che non ha fatto. E sento di poter essere inesorabile, di non dover sprecare la mia pietà, di non dover spartire con loro le mie lacrime.

Sono partigiano, vivo, sento nelle coscienze della mia parte già pulsare l'attività della città futura che la mia parte sta costruendo. E in essa la catena sociale non pesa su pochi, in essa ogni cosa che succede non è dovuta al caso, alla fatalità, ma è intelligente opera dei cittadini. Non c'è in essa nessuno che stia alla finestra a guardare mentre i pochi si sacrificano, si svenano. Vivo, sono partigiano. Perciò odio chi non parteggia, odio gli indifferenti."

Antonio Gramsci, 11 febbraio 1917

AGOSTO 1922 – AGOSTO 1972

Parma, 25 agosto 1972. Alle 22.30, di fronte al cinema Roma di viale Tanara, un gruppo di neofascisti aggredisce il diciannovenne Mariano Lupo, militante di Lotta Continua. Il ragazzo viene colpito da una pugnalata al cuore. Si trascina per pochi passi e poi stramazza a terra, agonizzante. Mariano, che tutti chiamano Mario, muore pochi istanti dopo.

La voce corre per tutta la città, riecheggia di strada in strada, dove si riversano spontaneamente gli antifascisti d'ogni età, dai giovanissimi militanti dell'estrema sinistra agli anziani partigiani.

Un uomo sulla settantina, appena uscito da un'osteria, si guarda intorno attonito, ferma un ragazzo, gli chiede cos'è successo. "I fascisti hanno ammazzato un compagno!" è la risposta urlata. Il volto dell'uomo anziano si contrae, la rabbia e il dolore sembrano colpirlo allo stomaco, con lo sguardo febbricitante cerca un appiglio, allunga la mano e si appoggia al muro. Poi raccoglie le forze e segue il flusso di persone che accorrono verso il cinema, riesce a farsi largo, e vede il corpo del giovane pugnalato: vinto dalla commozione, con le labbra che tremano, mormora tra sé: "Vigliacchi... vigliacchi...". Le lacrime scendono sulle rughe contratte per l'indignazione e la pietà, gli occhi velati restano fissi sulla pozza di sangue che si allarga sul selciato.

Mario Lupo era nato nel 1952 a Cammarata, in provincia di Agrigento. Emigrato a Parma nel 1969 con i genitori e i cinque fratelli minori, si era successivamente trasferito in Germania ancora minorenne in cerca di lavoro, per poi tornare a Parma e guadagnarsi da vivere come manovale. L'adesione all'organizzazione extraparlamentare Lotta Continua rispondeva alle sue passioni, comuni a tanti giovani desiderosi di cambiamenti radicali, appartenenti alla generazione politica maturata sulle esperienze del '68, e pur non essendosi distinto in modo particolare nella militanza, era comunque noto agli squadristi che quella sera d'agosto – a mezzo secolo esatto dall'insurrezione antifascista di Parma, dove si erano appena concluse le celebrazioni dello storico anniversario – lo avevano riconosciuto e aggredito, nell'ormai consolidata prassi del branco contro uno.

L'omicidio di Mario Lupo segna il culmine di uno stillicidio di provocazioni e violenze che hanno instaurato in città un clima di forte tensione. Già un anno prima, nel maggio del 1971, erano scoppiati gravi disordini in seguito al pestaggio di tre operai da parte di una decina di militanti del Movimento Sociale Italiano: anche in quell'occasione, gli antifascisti avevano tentato di assaltare la sede del partito di estrema destra da dove partivano le azioni degli squadristi, ingaggiando duri scontri con le forze di polizia durati un'intera nottata.

Stavolta l'assassinio a freddo di un ragazzo scatena una reazione inarrestabile, e due giorni dopo, al termine di un comizio serale, la sede del Msi viene "espugnata" dai dimostranti infuriati. Lo sdegno che infiamma Parma ricorda ciò che accadde nel marzo del 1950, quando la polizia di Scelba uccise l'operaio Attila Alberti, aprendo il fuoco sui manifestanti senza che vi fosse la benché minima giustificazione, e provocò la morte di un altro operaio, Luciano Filippelli, arrestato e lasciato in cella ad agonizzare malgrado soffrisse di una grave forma di diabete. La notte del 27 agosto 1972 polizia e carabinieri non riescono a tenere la situazione sotto controllo, la rabbia è incontenibile. Il questore, trafelato, ordina ai suoi di stare indietro: "Non abbiamo forze sufficienti per intervenire, tanto vale scegliere il male minore: se proviamo a fermarli, qua si rischia una carneficina!".

Gli antifascisti devastano la sede, deserta, e dalle finestre volano mobili, pacchi di volantini, spranghe e manganelli, manifesti con le facce dei dirigenti attuali assieme a ritratti del Duce.

28 agosto. Ai funerali di Mario Lupo c'è una folla impressionante, in un'atmosfera tesa, commossa, indignata. La camera ardente è stata allestita nel Palazzo comunale, poi il corteo, immenso, si snoda per l'Oltretorrente. Un mare di bandiere rosse, insegne e gonfaloni di brigate partigiane, di partiti e associazioni, comuni e sindacati. A decine di migliaia i parmigiani ascoltano l'orazione funebre di Giacomo Ferrari, sindaco e comandante partigiano, mentre il giorno prima si erano tenuti gli infuocati comizi del dirigente provinciale di Lotta Continua, Claudio Cini, e di un altro comandante partigiano, Gino Vermicelli, membro del direttivo nazionale del Manifesto. Sia durante il corteo del 27 agosto che in occasione dei funerali, trasformatisi in un'oceanica manifestazione antifascista, vengono fatti più volte riferimenti alle barricate del '22.

Nello sguardo dell'uomo anziano che piangeva davanti al cadavere di Lupo, fierezza e sdegno sembrano lottare senza che una prevalga sull'altro: i suoi occhi fremono e si velano di tristezza quando ascolta le parole commosse in ricordo del ragazzo assassinato, ma brillano di orgoglio quando nella piazza vengono rievocate le gesta dell'Oltretorrente che insorse contro l'invasione delle camicie nere, e degli Arditi del Popolo che organizzarono la resistenza. L'uomo impugna orgogliosamente un'asta da cui pende, ormai scolorito dal tempo ma conservato con cura, il labaro dell'Associazione Nazionale Perseguitati Antifascisti. Alle sue spalle, la targa del piazzale è intestata a Guido Picelli.

La sera, l'uomo anziano entra in un'osteria dell'Oltretorrente, un vecchio locale fumoso che ha visto passare decenni di storia tra l'intonaco scrostato delle pareti e i tavoli consunti. L'uomo ha arrotolato il rettangolo di stoffa scolorito, testimonianza di un'intera vita dedicata all'"ideale", poi resta per un istante sulla soglia e si guarda intorno. C'è una tavolata di ragazzi, qualcuno ha in tasca il quotidiano "Lotta Continua", altri "l'Unità" o "il manifesto". Tutti fanno un cenno di saluto all'anziano combattente. Uno di loro lo invita, quasi sottovoce, nel clima di tristezza che è subentrato alla rabbia delle ultime giornate:

"Dài, 'Ardito', bevi un bicchiere con noi..." e gli porge una sedia.

L'uomo sembra indeciso, poi appoggia l'asta alla parete, tira un profondo sospiro. Guarda negli occhi i giovani uno a uno, e alla fine, mormora con voce sconsolata:

"Ragazzi miei, non si può morire ammazzati come cani a diciannove anni. Io vi capisco, ma... Non fatevi fregare così. Ne ho visti troppi morire come Mario Lupo. Il sangue dei giovani uccisi nelle strade e nelle piazze, quanto ne ho visto... e intanto, il potere ce l'hanno sempre loro... Sempre la stessa storia...".

Uno dei ragazzi sbotta:

"E cosa dovremmo fare? Stare a guardare? E lo dici proprio tu, che a quell'età combattevi sulle barricate?".

L'uomo anziano annuisce, malinconico, scuote la testa e aggiunge:

"Già, le barricate... È passato mezzo secolo dal '22. E ancora oggi, siamo qui a piangere i nostri morti come allora. Quei vigliacchi...".

Gli versano da bere. Un altro giovane chiede:

"Ma davvero eri sulle barricate, con Picelli?".

Lui annuisce, stringendosi nelle spalle con modestia, dice a bassa voce:

"Con Picelli e con tutta la Parma dell'Oltretorrente. Ma chi se la ricorda più quella storia, adesso...".

"Be', a me piacerebbe sentirmela raccontare da uno

che c'era" lo esorta il ragazzo, indicando con un cenno del mento la parete dove sono esposte vecchie foto d'epoca: i borghi sbarrati dalle barricate, le vedette degli insorti sui tetti e sui campanili, gli Arditi del Popolo in armi, un ritratto di Guido Picelli... L'uomo prende tempo, è indeciso, guarda anche lui le fotografie color seppia, che sembrano appartenere a tempi remoti e dimenticati, e non sa come cominciare...

Fuori, sfilano alla spicciolata gruppi di persone di ritorno dai funerali. L'aria calda di agosto è percorsa da un brusio costante, dallo scalpiccio della gente, dalla tensione che non accenna a calare. Polizia e carabinieri, in assetto antisommossa, presidiano la città dopo aver ricevuto rinforzi da altre province.

Nell'osteria, il vecchio Ardito del Popolo racconta le giornate in cui Parma insorse, in quel lontano agosto del 1922.

Era d'agosto anche allora. Ma prima, bisognerebbe inquadrare la situazione, e non è facile. E soprattutto, non è una cosa breve. Vedete, all'inizio della loro tragica avventura, i fascisti pretendevano di mostrarsi come "rivoluzionari" e "antiborghesi", sfruttando soprattutto il malcontento dei reduci della Prima guerra mondiale, intendo quelli che erano stati davvero in trincea, non certo i rampolli delle famiglie potenti che l'avevano vissuta da imboscati, i "pescecani", come li chiamavamo allora: gli stessi che finanziavano i fascisti usandoli per reprimere le rivendicazioni dei contadini e degli operai. Del resto, come sapete, Benito Mussolini in gioventù era stato socialista e addirittura direttore dell'"Avanti!", il giornale del partito. Ma nel '22, ogni ambiguità era ormai dissolta: gli squadristi assaltavano le camere del lavoro, le sedi delle associazioni operaie, le redazioni dei giornali di sinistra o di qualsiasi altro che osasse scrivere ciò che realmente erano e facevano.

E iniziarono a uccidere. Non si accontentavano più di devastare ogni luogo dove si lottasse per la democrazia e i diritti dei lavoratori. Presero ad addestrarsi militarmente, senza che le autorità dello stato facessero niente per disarmarli, anzi. I loro arsenali, ormai, comprendevano non solo pistole e moschetti, ma addirittura mitragliatrici e bombe a mano, mentre polizia, carabinieri e guardie regie, chiudevano entrambi gli occhi.

Nelle città i lavoratori resistevano, si organizzavano per l'autodifesa, anche se, in questo caso sì che i "tutori dell'ordine" avevano gli occhi aperti! A noi bastava possedere un bastone o una baionetta per finire in carcere. Ma il peggio era nelle campagne: l'isolamento poteva significare la morte, i contadini che si esponevano nelle occupazioni di terre dei possidenti, quelli che chiamavamo "agrari", diventavano prede da cacciare.

Nell'estate del '22, venne organizzato uno sciopero generale in tutta Italia, dopo l'ennesima spedizione di squadristi in armi, stavolta guidata da Italo Balbo che con la sua colonna mise a ferro e fuoco il ravennate e mezza Romagna, bruciando e saccheggiando ogni cosa. Fu il culmine di un crescendo di violenze; prima, il 13 luglio le squadre di Farinacci avevano occupato il municipio di Cremona. Fecero irruzione nelle abitazioni di un noto esponente socialista e di un organizzatore delle Leghe Bianche, aderente al Partito Popolare. Per reazione, i popolari uscirono dalla maggioranza e il 19 luglio cadde il governo Facta. Dopo pochi giorni di crisi, si arrivò a un secondo incarico per Facta, mentre l'Alleanza del Lavoro decideva di proclamare lo sciopero generale. Ma era troppo tardi, e troppe le divisioni tra i partiti e i sindacati dei lavoratori.

L'ULTIMATUM

In parlamento, Benito Mussolini dichiara ad alta voce, rivolto al presidente del consiglio:

"Il Partito Nazionale Fascista concede quarantott'ore di tempo allo Stato perché dia prova della sua autorità. Trascorso tale termine, i fascisti rivendicano la piena libertà di azione per impedire, con ogni mezzo, lo sciopero generale! Non permetteremo ai nemici della Patria di gettare l'Italia nel caos e nell'anarchia! Cacceremo i sovversivi ovunque si annidano!".

Qualche ora dopo, Mussolini è nel suo ufficio. Davanti a lui c'è Michele Bianchi, segretario del Partito Nazionale Fascista. Massone, studioso della "psicologia delle folle" in rapporto ai "condottieri" – quelli che il fascismo chiamava i Ras –, Bianchi è passato dall'impegno interventista al nazionalismo conservatore, assumendo posizioni improntate a una sorta di realismo tattico che lo contraddistinguono come il più "antiestremista" tra le figure ai vertici del partito. Conosce Mussolini dal 1911, quando era sindacalista *rivoluzionario* e già allora era accusato dai compagni di predicare la rivolta sociale mentre metteva in pratica metodi riformisti moderati; poi, nel 1919, aveva avuto l'ardire di contrapporsi al suo "condottiero supremo" affermando che nel nascente movimento fascista c'erano troppi demagoghi, e non si era limitato a ciò: secondo lui, le masse italiane non dimostravano la maturità necessaria per prendere il potere e andava quindi formata una nuova *aristocrazia* destinata a fondare un regime totalitario quanto *illuminato*. Mussolini, anziché emarginarlo per le sue teorie in netto contrasto con gli ardori diciannovisti, lo aveva invece sostenuto ritenendolo prezioso come dirigente capace di contenere le spinte dei Ras più estremisti.

Il Capo è visibilmente nervoso, si trattiene a stento dall'urlare quando esclama:

"Ma che diavolo ha in testa Balbo?! Possibile che faccia di tutto per rovinarmi il lavoro? Abbiamo davanti l'occasione propizia per entrare nel governo, la situazione è delicatissima, e lui... Dio lo stramaledica, anziché obbedire all'ordine di fermarsi, ha messo sottosopra mezza Romagna e ha fornito un pretesto per lo sciopero generale! Possibile che non lo capisca, proprio lui, uno dei migliori".

Bianchi si stringe nelle spalle. Dice a bassa voce:

"Comunque, ormai è andata così, e dobbiamo reagire. I camerati sono pronti a intervenire in tutte le principali città ove si tenti di realizzare lo sciopero generale. La mobilitazione è stata coordinata in ogni dettaglio, non resta che procedere".

Mussolini è pensieroso, riflette, ha l'espressione cupa e preoccupata. Si mette a camminare per la stanza: negli occhi ha la faccia strafottente di Italo Balbo, e quella sua dannata barbetta mefistofelica. Lo sa benissimo, quel piantagrane, che lui, il Capo, odia le barbe, qualsiasi pelo sulla faccia lo considera come un insulto personale, e invece sembra farlo apposta, quando si incontrano, a lisciarsi quel pennellaccio di setole stoppose che si porta sotto il mento.

Poi si blocca e, fissando Bianchi negli occhi, sentenzia:

"Siamo a un passo dal prendere le redini del Paese. Dobbiamo dimostrare efficienza, fermezza, determinazione. Però... vanno evitati eccessi e imprudenze. Dobbiamo rappresentare per gli italiani l'immagine stessa dell'ordine e della disciplina. Quindi... pugno di ferro, ma senza perdere il controllo della situazione".

"Lo sciopero fallirà" ribatte Bianchi. "Averlo saputo per tempo ci ha permesso di organizzare la controffensiva. In fin dei conti, non sono molte le città dove ci daranno del filo da torcere. Dovremo concentrare gli sforzi su Bari, sicuramente, e anche su Ancona e Genova, per non parlare di Livorno."

Mussolini fa una mezza risata, sprezzante e priva di qualsiasi allegria, carica di odio e livore:

"Cos'è, l'aria di mare, che alimenta i sovversivi?".

Bianchi abbozza a sua volta un sorriso, e risponde:

"Forse. Ma non sempre. Per esempio, il problema più grosso, per noi, è Parma".

Mussolini ha un moto di rabbia, si controlla, va davanti alla finestra, scruta il cielo grigio di foschia afosa e commenta tra sé:

"Già, Parma! Sempre Parma! Ma è possibile che gli emiliani mi debbano creare rogne a non finire sia che stiano con me o contro di me?! Ancora Parma e quel maledetto Picelli e la sua teppa dell'Oltretorrente!". Poi, aggiunge in tono sarcastico: "L'*onorevole* Picelli...".

Bianchi scuote la testa:

"Picelli ci sta dando del filo da torcere, questo sì, ma il nodo della questione è la comunanza tra rossi e sedicenti 'corridoniani'. De Ambris è apertamente contro di noi da tempo, i suoi ci combattono senza il minimo indugio e, come sapete, quel carognone ha dalla sua il Comandante".

Mussolini sbuffa spazientito.

"Sì, il Comandante dei miei stivali... quel rincoglionito di D'Annunzio sta passando il segno. Ma dobbiamo essere prudenti, molto prudenti. D'Annunzio ha troppo seguito per consentirci il lusso di scaricarlo e mandarlo una buona volta a quel paese. A Parma dobbiamo comportarci in modo molto più accorto che altrove, e per vari motivi: là non abbiamo basi solide, i nostri sono quattro gatti e per giunta pavidi e politicamente impreparati, la città trabocca di sovversivi e a tutt'oggi non siamo riusciti a ottenere un chiaro appoggio delle autorità locali, e neppure l'esercito, da quelle parti, nutre molte simpatie per noi. Insomma, tutto consiglia di soprassedere ed evitare di far scoppiare il bubbone, specie considerando il comportamento provocatorio di D'Annunzio, che a Parma ha un vasto seguito di fiumani."

"Non è tutto" continua Bianchi, sulle spine. Scruta il Capo e pare incerto sulle parole da usare per dirglielo.

Mussolini resta immobile, continua a osservare la città dalla finestra, e aspetta che Bianchi si decida a concludere.

"Abbiamo ricevuto notizie da certi camerati di Cremona. Ecco... Pare che Farinacci stia organizzando una spedizione a Parma in grande stile, e senza consultarci, senza che nessuno dei suoi abbia concordato i termini dell'intervento. Inoltre, stando ai dati in mio possesso, dubito fortemente che per una semplice opera di *convincimento* a sospendere lo sciopero, ci sia bisogno di mitragliatrici, autoblindo, mortai, bombe a mano e vari quintali di munizioni."

Mussolini si volta con studiata lentezza e fissa negli occhi Bianchi. Anche stavolta, però, sembra guardare al di là dell'opaco dirigente fascista. E sul suo volto non c'è alcuna ombra di sorriso sprezzante, né di sarcasmo nella voce, quando mormora tra i denti:

"Farinacci è un povero imbecille. Se pensa di crearmi altri grattacapi, dovrà scegliere: o si piega, o lo spezzo!".

Bianchi stringe le labbra, abbassa lo sguardo e sospira: è diventato segretario grazie soprattutto alle sue capacità organizzative e si sta impegnando a fondo per dotare il partito di una solida struttura ideologica, finalizzata a imporre il primato della nazione sulla lotta di classe e sulle divisioni tra fascismo "urbano" e fascismo "agrario", tra i moderati delle grandi città e gli estremisti delle province. Ma persino lui, adesso, ha dei dubbi. Il partito ha soltanto un anno di vita e sta già attraversando una crisi dagli sbocchi imprevedibili, e spera che Mussolini, ancora una volta, sappia condurlo fuori dalla tempesta. Al contempo, è lacerato dalla consapevolezza che i Ras più in vista, come Balbo e Farinacci, saranno utili nell'eventualità di un futuro colpo di mano; senza di loro verrebbero a mancare le mobilitazioni di massa, e teme che uno scontro diretto con il Capo sortisca effetti devastanti.

Mussolini riprende a camminare per la stanza. Ripete tra sé, ignorando la presenza di Bianchi:

"Parma... Stramaledetta Parma e quel branco di idioti che rischiano di rovinare tutto. A tempo debito, salderò i conti in sospeso, uno per uno. Ma intanto, Parma è lì. Stramaledetta Parma".

PARMA L'ANOMALA

> Parma chiudeva entro i suoi bastioni umidi un dedalo di straducole, porticati, tane e borghetti carichi di passione, di violenza e di generosità. Covi di anarchici e di bombardieri mancati, le sue osterie erano sempre piene di vociferazioni e di canti. Quando vedevi sbucar fuori dal buio delle porte certe fosche, scarne e spiritate figure di popolani, dagli occhi assonnati e biechi, facevi presto ad accorgerti che in quel clima infuriava il microbo dell'Ottantanove.
>
> BRUNO BARILLI, *Il paese del melodramma*

L'Oltretorrente nacque e si sviluppò come insediamento di migranti, contadini senza terra venuti in città da ogni dove nella speranza di sopravvivere alla fame, alla pellagra, alla malaria. L'anima e il cuore della Parma più generosa aveva dunque origine dalla mescolanza di genti diverse, in maggioranza provenienti dalle campagne e dalle montagne del parmense e del lunigianese, alle quali si mescolavano i discendenti dei mercenari irlandesi, scozzesi e di altri territori d'Europa colpiti da carestie che spingevano a emigrare, praticando uno dei due mestieri più antichi al mondo, quello del soldato di ventura. C'erano così zone chiamate "la Scozia" e "la Svizzera", e uno degli Arditi del Popolo che nel '22 combatté sulle barricate si chiamava Enrico Griffith, i cui avi erano irlandesi arrivati fino a Parma tra il XV e il XVI secolo peregrinando da una carestia all'altra. Ecco perché l'Oltretorrente non coltivava certo miti fatui come quello di Maria Luigia, bensì la schietta pratica quotidiana dell'accettarsi a vicenda rispettando le differenze di usi e abitudini, superando per amore o per forza l'atavico disprezzo del "cittadino" nei confronti del "villico", in quel crogiuolo di immigrati venuti da mille campagne diverse nell'arco di mezzo millennio, uniti dalla dignità dei miserabili che non chinano mai la testa pur spezzandosi la schiena giorno e notte. I braccianti, gli "scariolanti", si svegliavano a mezzanotte per poter essere al lavoro all'alba, e paradossalmente l'Oltretorrente si animava più a quell'ora che a mezzogiorno, echeggiando di passi e scricchiolio di ruote, saluti e richiami, imprecazioni e mormorii di preghiere... A mezzanotte anche i sogni facevano rumore, nei tuguri dell'Oltretorrente, sogni di riscatto che tenevano in perenne ebollizione il sangue nelle vene.

Mentre i signorini scrivevano sui muri – e che sapessero scrivere denotava un certo livello sociale – "Viva V.E.R.D.I." intendendo Vittorio Emanuele Re d'Italia, erano sempre i popolani semianalfabeti a rischiare la cotenna quando si trattava di ingaggiare battaglie di strada con gli occupanti austriaci. Poi, i signorini cominciarono a godere i frutti della nuova condizione di pasciuti sudditi sabaudi, ma per gli abitanti dell'Oltretorrente si trattò di stringere ancor più la cinghia. Il gravoso fiscalismo statale li colpì duramente, la tassa sul macinato era un'infamia, e nel giro di pochi anni i mezzadri si ritrovarono così indebitati e ridotti sul lastrico da diventare braccianti sporadicamente salariati. Ai Savoia servivano soldi per rafforzare l'esercito e creare la struttura del nuovo regno, e la devastante crisi agraria si protrasse dal 1883 al 1896, relegando nella miseria uno stuolo di nuovi diseredati. Nel 1898 venne fondato il primo circolo socialista della provincia, e a partire dal 1901 iniziò a consolidarsi un vasto movimento di cooperazione e leghe, sia di lavoro che di consumo. E si arrivò al 1908, anno dell'imponente sciopero sindacalista che fece tremare i possidenti e li convinse che la meccanizzazione del lavoro nei campi avrebbe risolto ogni problema: più trebbiatrici, meno braccia salariate... I disoccupati aumentavano, e l'unica speranza di sopravvivere era inventarsi un lavoro da artigiano trasferendosi nei borghi urbani.

Se in città i sindacalisti rivoluzionari capeggiati da Alceste De Ambris passavano dall'antimilitarismo all'illusione della "guerra rivoluzionaria", conquistando un numeroso seguito, nelle campagne i contadini continuarono a guardare con diffidenza quella fiammata di entusiasmo per uniformi grigioverdi e bandiere tricolore anche se, in effetti, il conflitto avrebbe se non altro favorito la piena occupazione, un po' perché molte braccia se ne andarono a scavare trincee, e poi perché le commesse di guerra coinvolgevano non solo la grande industria ma anche tante piccole e medie aziende, da quelle prettamente belliche fino alle conserviere o alle sartorie per le divise. I dolori ricominciarono con l'armistizio. A parte il fatto che dall'autunno del 1920 la depressione economica avrebbe investito anche l'Italia assieme al resto d'Europa, fin dal 1918 la cessazione delle commesse di guerra svuotò le industrie e le meno solide dovettero chiudere i battenti. I reduci tornavano a scaglioni, e nella maggior parte dei casi rappresentavano altre bocche da sfamare in famiglie già colpite dalla mancanza di lavoro. Nella sola Parma rientrarono sessantamila congedati e i disoccupati erano circa duemila, oltre ai mille e settecento orfani a cui assicurare un minimo di assistenza: l'amministrazione comunale tentava di arginare quella marea montante di problemi con una serie di lavori pubblici per impiegare più manodopera possibile, ma ben presto la mancanza di fondi e le sovvenzioni governative che non arrivavano, arenarono le buone intenzioni. E il prefetto tempestava i ministeri di rapporti accorati, sollecitando interventi e prestiti per scongiurare "disordini provocati dal grave malessere sociale".

Se molti presero la via senza ritorno che, sui ponti dei bastimenti, li portò nelle Americhe, tanti altri, la maggioranza, pretendevano che le roboanti promesse di prosperità e democrazia fatte a suo tempo per convincerli a combattere, venissero ora mantenute. Ma dato che la situazione peggiorava ogni giorno, risulta facile comprendere quanto fossero delusi e infuriati i reduci, e quanto attecchissero gli ideali rivoluzionari della lontana e sconosciuta Russia. Se per gli anarchici certe chimere sarebbero durate poco, e dalle repressioni moscovite avrebbero tratto linfa per confermare i propri ideali libertari, per molti altri divennero un fine da realizzare a qualunque costo.

L'INSTANCABILE PICELLI

In un'osteria dell'Oltretorrente, un uomo sta salutando e si appresta a uscire. Scambia un'ultima battuta con l'oste, rimproverandolo bonariamente per la scelta di un sangiovese meno corposo rispetto all'annata precedente, e non ammette repliche dal gruppo di amici a cui sta pagando la bicchierata. Qualcuno tenta di convincerlo a restare perché, per via di una scommessa persa, adesso l'oste dovrebbe tirare fuori una bottiglia della sua riserva personale, ma si è fatto tardi, deve proprio rincasare se vuole finire di leggere certi documenti prima che il sonno abbia la meglio. Esce e il vociare chiassoso svanisce nel silenzio del borgo e della notte.

L'uomo è vestito di nero, dal cappello alle scarpe, è nera anche la cravatta che spicca sul bianco della camicia; indossa un completo liso ma decoroso, porta con sé un robusto bastone da passeggio che all'occorrenza può essere usato come mazza, ha i baffi ben curati, lo sguardo intenso, acuto, rischiarato da bagliori d'ironia che spesso contrastano con la serietà dell'espressione. È Guido Picelli.

Si incammina per i vicoli della Parma Vecchia, e i pochi passanti ancora in giro lo salutano togliendosi il cappello o il berretto: tutti, nell'Oltretorrente, lo stimano e ci tengono a dimostrarlo.

Guido Picelli... gli volevamo un bene dell'anima! Non era soltanto stima per il suo impegno instancabile e l'assoluta disponibilità. Era anche affetto, perché Picelli aveva un cuore grande così, una generosità senza limiti. Vedete, a differenza di tanti, nell'Oltretorrente, Picelli non era nato povero in canna: suo padre, Leonardo, faceva il cocchiere, insomma, un mestiere decente ce l'aveva.

Guido era nato il 9 ottobre del 1889, in una casa dove non si scialava ma neppure mancava il pane. Suo padre decise che dovesse fare l'orologiaio e Guido, da ragazzino, dimostrava di sapersela cavare bene con gli ingranaggi che scandiscono il tempo.

Però aveva altro per la testa. Non si adattava a starsene chiuso in una bottega per dodici ore al giorno. Il teatro era la sua grande passione. E un bel giorno piantò tutto, lavoro da apprendista e famiglia, per andarsene con una compagnia di strada.

Sapete, si diceva che avesse recitato addirittura con il mitico Ermete Zacconi! Chissà, è probabile, perché aveva la stoffa dell'attore. Intendiamoci, non che recitasse mai nella vita, anzi, per quanto fosse un tipo gioviale e dalla battuta pronta, era tutto il contrario di uno spirito guascone e istrionico. No, no. Ma per Guido, il teatro resterà sempre il primo amore che non si dimentica mai.

Però, a quei tempi il mestiere dell'attore non era visto co-

me oggi: un attore sembrava un vagabondo, uno scapestrato che non ha veramente voglia di lavorare. Così, Guido fu convinto dai genitori a tornarsene a casa, a Parma, e a rimettersi ad aggiustare orologi. Persino in questo riuscì a distinguersi.

Insomma, l'orologio del palazzo comunale era fermo da anni. Ci avevano provato in molti a ripararlo, ma niente da fare: girava per qualche minuto e poi si ribloccava. Be', Picelli la spuntò anche lì. Armeggiò ore e ore tra gli ingranaggi, la polvere e le ragnatele, i piccioni che svolazzavano. Per lui, non esisteva la parola "resa". Picelli non si sarebbe arreso mai, davanti a niente e a nessuno. Be', comunque, a mezzogiorno in punto, dodici rintocchi! I passanti si fermavano, tiravano fuori la cipolla dalla tasca, controllavano. Quel vecchio arnese arrugginito era ripartito e suonava l'ora giusta, roba da non crederci; ci fu persino qualcuno che si mise ad applaudire quando Guido si affacciò da lassù e sventolò il berretto salutandoli. Poi... eh, poi scoppiò la guerra. La Grande Guerra che di grande ebbe solo la carneficina tra poveracci. Picelli andò al fronte, anche se tentò di fare il portaferiti, di girare tra le pallottole e le schegge di granata, gli schrapnel, come si diceva a quei tempi, con una croce rossa sull'elmetto. Niente, lo mandarono in prima linea. E Picelli dimostrò che non era per paura che voleva evitare la trincea.

Si guadagnò i gradi da tenente e gli diedero addirittura una medaglia di bronzo. Era giovane, sì, ma non per l'epoca e la situazione: a ventisei anni, per gli altri soldati sembrava un uomo fatto e maturo, un veterano.

Forse anche lui, come tanti ribelli costretti a indossare la divisa, pensò che la guerra sarebbe sfociata in rivoluzione, e che dopo aver abbattuto gli Imperi Centrali, la lotta sarebbe continuata contro l'ingiustizia nel nostro paese, contro i pescecani che affamavano la nostra gente. Così, quando tornò a casa, si mise anima e corpo a lottare per ciò in cui credeva. E si rinnamorò di Parma, la sua Parma, questa città spaccata in due come l'Italia, o di qua o di là dal fosso, di qua e di là dal torrente.

Picelli non si stancava mai, era un organizzatore nato. Ma non un capopopolo, non un demagogo, no. Picelli sapeva parlare alla gente con semplicità spontanea, e si prodigava per superare le diversità e i settarismi. Tutte le sue energie le spendeva per l'unità dei lavoratori, impresa difficile, allora come sempre. Basti pensare che a Parma c'erano ben quattro sedi di organizzazioni sindacali, spesso in aperto conflitto tra loro: la Camera del Lavoro di Borgo delle Grazie raccoglieva i sindacalisti rivoluzionari di Alceste De Ambris, i cosiddetti "corridoniani" a suo tempo accesi interventisti, mentre i neutralisti avevano formato l'Unione Sindacale Parmense di Borgo Rossi, a cui aderivano gli anarchici e una piccola parte dei comunisti di allora... tra l'altro, nella sede di Borgo Rossi ci rimasero fino all'aprile del '21, quando i fascisti la incendiarono. I socialisti confluivano invece nella Camera Confederale di via Imbriani, e i popolari nell'Unione del Lavoro, in Borgo Tommasini. Insomma, c'era davvero tanto lavoro da fare, uno sforzo sovrumano per Picelli che credeva nella necessità di restare uniti e si dedicava anima e corpo a tale missione. I fascisti, che erano un'accozzaglia quanto mai variegata, alla resa dei conti si ritrovavano sempre compatti, mentre noi, che eravamo numericamente una marea, trovavamo nuovi motivi di divisione a ogni ora del giorno e della notte, e se non bastavano, rispolveravamo anche le vecchie ruggini mai sopite.

Picelli tiene un comizio nella campagna di Fontanelle, centro agricolo della Bassa parmense che vanta una lunga tradizione di lotte contadine: qui è stato fondato nel 1898 il primo Circolo Socialista dell'intera provincia, che a partire dal 1901 ha sviluppato un vasto movimento di leghe e cooperative. Sull'aia di un casolare a pochi chilometri dal punto dove il Taro si riversa nel Po, Picelli parla a una piccola folla di braccianti che si accalcano intorno all'improvvisato pulpito:

"Il fascismo non è un fenomeno nazionale, bensì internazionale! È la reazione della borghesia che si è enormemente arricchita con le commesse di guerra e adesso tenta di sopprimere le rivendicazioni di una popolazione allo stremo! Quattro anni di guerra! Quattro anni di atrocità e sopraffazione militare, ogni libertà di pensiero, di stampa e d'organizzazione vietata per quattro lunghi anni. Poi, le mancate promesse del dopoguerra, l'inganno da parte del governo nei confronti di coloro che tutto hanno sacrificato e tutto hanno dato: giovinezza, salute, la stessa vita, per difendere la patria dei padroni!".

Picelli, di notte, nel modesto appartamento in Borgo Bernabei 71 ingombro di libri e fogli ammucchiati anche sul pavimento, è seduto al tavolo rischiarato da un lume a petrolio, intinge il pennino freneticamente nell'inchiostro e scrive, pervaso da una passione febbrile:

"La più indegna e delittuosa speculazione è quella esercitata dai pescecani che hanno accumulato ricchezze sul sangue dei combattenti, e alla fine, ecco il risultato: mutilati, invalidi e tubercolotici costretti alla miseria e alla fame, che determinano uno stato d'animo e un malcontento che sta necessariamente portando alla spontanea, naturale, giusta e sacrosanta ribellione...".

Altro comizio nelle campagne, stavolta nei pressi di Busseto, tra i contadini in lotta per l'applicazione delle tariffe salariali e un numero di giornate lavorative garantite, che i proprietari terrieri, dopo una serie di scioperi, hanno finto di accettare firmando un contratto di categoria che poi non hanno mai rispettato, ricorrendo a manodopera sottopagata fatta venire da altre zone rurali dove la presenza di sindacalisti è meno diffusa e incisiva. Mettere poveri contro poveri è il "nuovo" fronte, vecchio quanto il mondo, e a manovrare nelle retrovie sono gli imboscati di sempre, i pescecani. Tra i giovani braccianti senza lavoro, ci sono numerosi reduci di guerra: facce che dimostrano molti anni in più di quanti ne abbiano, sguardi induriti e cupi di chi si sente doppiamente tradito, prima come soldato e poi come contadino.

"Soppressione di ogni libertà, ritorno alla schiavitù," dice Picelli, "ecco che cosa si nasconde dietro la bandiera tricolore, ecco in che cosa consiste il loro amor di patria, ecco il vero scopo che il fascismo si propone di raggiungere! In Italia ci sono enormi estensioni di terreni incolti e da bonificare, ma per 'amor di patria' si lasciano i contadini disoccupati a languire di miseria e si acquista il grano all'estero. È scoppiata la guerra, e c'era da andare a difendere la patria, ma la borghesia ha vilmente e legalmente disertato in massa la trincea, imboscandosi nelle retrovie e nelle città e ha mandato i contadini a farsi massacrare!"

Poco distante, sono schierati guardie regie, carabinieri

e un drappello di soldati: seguono la manifestazione dei contadini e per il momento non sembrano intenzionati a intervenire.

"Parlo anche a voi, uomini in uniforme! Il patriottismo industriale si è spinto oltre: mentre si combatteva al fronte, dall'Italia partivano vagoni di cascami di seta e altro materiale, che attraverso la Svizzera raggiungevano la Germania, per la fabbricazione di fulmicotone e munizioni. Si fornivano al nemico le armi da adoperare contro i soldati italiani! Ecco cosa intendono loro per 'patria'! Ma per chi lavora e produce, la patria è un'altra. È quella che costringe a emigrare negando il lavoro a chi lo chiede, che spinge al suicidio per porre fine ai patimenti, che condanna alla tubercolosi tante giovani esistenze per il cattivo e insufficiente nutrimento e per i tuguri malsani, che dopo le inaudite sofferenze in trincea, contraccambia con bastonate e fucilate! Quella è la patria ingrata, matrigna, che noi non possiamo né sentire né amare!"

Picelli non riposava mai, non aveva requie e non dava tregua. Fondò con altri reduci la Lega Proletaria a Parma, che se a livello nazionale faceva riferimento ai socialisti, qui comprendeva anche anarchici e sindacalisti rivoluzionari. La Lega Proletaria diventò in pochi mesi un'organizzazione di massa, che si fondava sulla solidarietà e la comune visione classista. Nella pratica, oltre all'attività assistenziale per i mutilati e gli invalidi, e le rispettive famiglie ridotte in miseria, si prodigava a trovare un lavoro ai reduci e ottenne un tale seguito che molti la vedevano come il nucleo da cui avrebbe avuto origine l'esercito rosso, la milizia in armi dei proletari. Picelli, intanto, ribadiva che gli scioperi di protesta non bastavano, occorreva organizzare un movimento rivoluzionario che non si riducesse alle rivendicazioni del momento. Certo, la Lega provvedeva ai bisogni immediati degli oppressi, ma al tempo stesso si batteva sul campo sindacale e non si tirava indietro quando c'era da scontrarsi con le forze della repressione. E più si intensificavano le azioni dei fascisti, più a Picelli sembrava impellente e irrinunciabile la costituzione di gruppi armati per l'autodifesa. Nacquero così le Guardie Rosse, che poi confluiranno negli Arditi del Popolo.

I fascisti digrignavano i denti, sputavano fiele e minacciavano sfracelli, ma non riuscivano a toccarlo, perché a Parma erano in pochi e raramente osavano mettere il muso fuori, e comunque, quando ogni tanto chiamavano in aiuto qual-

che manipolo dalla provincia, il "popolo dei borghi" era pronto a difendersi e a difendere i suoi uomini migliori. Il governo, però, non rimase a guardare, anzi. Nel giugno del 1920 ci furono le grandi manifestazioni contro l'invio di truppe in Albania per tenere la base di Valona come avamposto della colonizzazione oltre l'Adriatico, e Guido Picelli fu arrestato con l'accusa di aver partecipato alle azioni di sabotaggio contro la partenza dei granatieri.

PATRIE GALERE

Picelli viene condotto in carcere. Nella minuscola cella, tenuto in regime di isolamento, conserva la dignitosa compostezza che lo contraddistingue: i baffi ben curati, le guance e il mento rasati ogni mattina, dedica il suo tempo a scrivere.

"Quando ogni diritto è calpestato e tutti, indistintamente, socialisti, comunisti, anarchici, sono sotto il continuo, incessante martellamento e sottoposti allo stesso martirio, colpiti dallo stesso bastone, occorre far tacere le posizioni di parte, finirla con le accademie e le discussioni inutili su questo o quell'indirizzo politico..."

Trascorrono i giorni, le settimane, i mesi. Dalla *bocca di lupo*, la finestrella a feritoia cinta da sbarre e troppo alta per affacciarsi sul mondo esterno, Picelli osserva il mutare del cielo: la luce del giorno e il buio della notte, l'azzurro della primavera e il bianco caliginoso dell'estate, il grigio cupo dell'autunno e il chiarore di una nevicata invernale, e poi, di nuovo, la primavera. Un giorno, il secondino infila l'enorme chiave d'ottone nella serratura a un orario inconsueto, lontano dalla scansione del rancio e della breve passeggiata circolare nell'angusto cortile, apre con esasperante lentezza porta e inferriata, e senza guardarlo in faccia gli comunica che lo attendono a colloquio. Picelli è perplesso: l'incontro settimanale con i famigliari lo ha già fatto qualche giorno addietro, non gliene spettano altri. Ma abituato a non dare soddisfazione ai suoi carcerieri, segue la guardia senza dire nulla, dopo essersi infilato la giacca sempre più consunta e lucida dall'uso.

Nel parlatorio del carcere, Picelli è a colloquio con un uomo ben vestito, cartella di cuoio, aspetto da funzionario di partito quale in effetti è. Picelli, che nella situazione in cui si trova non indulge spesso al sorriso, a un tratto ha un'espressione tra il divertito e l'ironico, e ride senza allegria, dicendo:

"Come? Stai parlando sul serio? Io, deputato nel 'regio parlamento italiano'?! Ma per favore!".

L'altro, serissimo, ribatte:

"Certo. Ma non è il Partito Socialista a volerlo, credimi. È la gente di Parma Vecchia, il popolo dei borghi dell'Oltretorrente, la tua gente, Picelli, che vuole eleggerti per tirarti fuori da qui. Non c'è altra scelta. Se vieni eletto, dovranno scarcerarti!".

Picelli torna serio e pensoso.

La maggior parte degli abitanti dell'Oltretorrente non ci sarebbe neppure andata, a votare. A parte gli anarchici, che non riconoscevano il principio della delega, il popolo dei borghi non ci credeva proprio, non aveva alcuna fiducia nel parlamento. E come si poteva dar torto a quella gente, che da duchi, austriacanti e sabaudi aveva ricevuto soltanto un identico destino di patimenti e sogni frustrati. Ma per Picelli, per tirare fuori dalla galera il loro amato Guido, si misero tutti in fila e lo votarono: lavoratori con il vestito della festa liso ma pulito, giovani proletari con il berretto calato di traverso, anziani in misere condizioni, malfermi, sorretti da famigliari che davano le ultime raccomandazioni su dove mettere il segno senza sbagliare, volti scavati dalle sofferenze, chi tossiva per la tisi, chi imprecava contro il governo ladro, chi taceva in attesa di compiere un rito sconosciuto. Facce di una povertà dignitosa, fiere e orgogliose, che andavano a votare per Picelli perché, all'orizzonte, non c'era alcun bagliore di rivoluzione che potesse spalancare le inferriate della galera.

Fu un trionfo. Prese una marea di preferenze nei seggi di Parma Vecchia, in provincia e anche in altre circoscrizioni, tanto che il cosiddetto "voto di protesta" fece schizzare inaspettatamente in alto il Partito Socialista, che sperava di confermare la propria forza ma non di prevalere in quelle proporzioni, e che però non si rese conto, o comunque non vollero rendersene conto i suoi dirigenti, illusi di poter anco-

ra trattare con il nemico, che quelli erano voti ribelli, croci a matita messe del tutto occasionalmente da mani in realtà più propense a impugnare un fucile anziché una matita.

Dunque, i parmigiani dei borghi, che diffidavano dei partiti e di qualsiasi istituzione, libertari per istinto e refrattari all'autorità, lo elessero deputato senza essere neppure minimamente sfiorati dall'idea che in parlamento potesse risolvere qualcosa, ma perché fu l'unico modo per riaverlo tra loro.

"BELA GENTA CH'A GODA E INTANT LA SUDA... PAR NA SIRA, L'È ANDADA IN PARADIS"

Il secondino apre la porta della cella, si affaccia, guarda Picelli e mormora tra i denti:

"*Onorevole* Picelli, potete uscire".

Picelli lo fissa senza mostrare alcuna reazione.

Il pesante portone scorre sui cardini cigolanti. Fuori Picelli viene subito circondato dalla folla e portato in trionfo, tra acclamazioni e grida, in mezzo a un mare di bandiere rosse.

È confuso, commosso, stordito, percorre i borghi di Parma: la luce lo abbaglia, il vociare lo assorda dopo tanto tempo trascorso in solitudine e silenzio, e ora, all'improvviso, è travolto dalla vita che torna a pulsare prepotente.

Alle finestre ci sono bandiere, coperte, drappi, qualsiasi cosa possa manifestare la soddisfazione per quella rivincita degli sconfitti di sempre sull'arroganza dei potenti di turno. Ha gli occhi che brillano: lacrime di riconoscenza, che restano lì, a velare lo sguardo ardente, e non si decidono a scorrere giù, e intanto la bocca si spalanca nel sorriso cordiale che tutti gli riconoscono, che a tutti mancava da un lungo anno. Sì, pensa, c'è tanto lavoro da fare, e ho perso troppo tempo, in quel buco fetido. Ma adesso si ricomincia, e questa gente, la mia gente, ha un cuore grande come la nostra pianura. A volte ho pensato che la felicità, se mai si fosse affacciata nella mia vita, non sarei stato in grado di riconoscerla, non avendola mai veduta prima... E invece adesso lo so: è ritrovarsi insieme e lottare uniti, è stare fianco a fianco in piazza e sulle barricate, è combattere per un ideale e provare quell'ebbrezza rara che ti dà l'unione tra esseri umani sulla stessa linea del fuoco, affrontato per un ideale comune. Non c'è niente altro di così intenso che si possa provare nella vita.

Quella sera del 18 maggio 1921, al Reynach si terrà un concerto memorabile. Gli amici mostrano a Picelli la locandina che lo annuncia, e lui, già frastornato per l'accoglienza ricevuta, sembra non credere ai propri occhi:

"Ma questa è una giornata miracolosa! Se ripenso a come mi rodeva stare in galera, solo un paio di settimane fa, quando Toscanini ha diretto la *Settima* di Beethoven al Regio, e io chiuso là dentro! Perdio, bastava un giorno in più e mi perdevo anche Váša Příhoda!

Poi, si blocca e guarda gli amici, con un'improvvisa espressione preoccupata.

"Oh, ma avranno già venduto tutti i biglietti..."

"Puoi giurarci" ribatte uno di loro. "Ma che saresti uscito di galera, si sapeva già da qualche giorno." E facendo un gesto da prestigiatore, sfila dal taschino un biglietto per il concerto della sera. "Sta' tranquillo, Guido, che abbiamo pensato anche a te."

Váša Příhoda era nato con il XX secolo, nel 1900. Bellissimo, biondo, fascinoso, a ventun anni lo consideravano già una leggenda vivente. Il giovane violinista boemo aveva esordito a tredici anni, e un giorno, nel Caffè Grand'Italia di Milano, Arturo Toscanini aveva notato l'astuccio sotto il braccio di quel ragazzo dallo sguardo profondo e malinconico, che sedeva da solo a un tavolino fissando il vuoto: d'istinto, gli aveva chiesto di suonargli "qualcosa". Si diceva che Váša Příhoda fosse capace di eseguire qualsiasi brano a una velocità doppia rispetto a ogni altro grande violinista dell'epoca, e il suo magistrale virtuosismo, unito a un estroso gusto interpretativo, gli valsero l'apprezzamento di Toscanini, che certo non era incline ai facili entusiasmi.

Quella sera avrebbe tenuto un concerto da solista.

Dovete fare uno sforzo d'immaginazione, perché la gente dei borghi, la Parma Vecia, era una sorta di comunità che forse non aveva eguali nel resto d'Italia... Basti pensare che, malgrado la miseria e i malanni, quelli dell'Oltretorrente non avrebbero rinunciato al loggione neanche se significava stare senza mangiare per giorni. Sì, a Parma, i povrett andavano a teatro, e guai a chi glielo toccava! Come diceva un poeta, "Bela genta ch'a goda e intant la suda... Par na sira, l'è andada in paradis".

*In città c'erano ben sette teatri, che nelle serate a prezzi popolari facevano il tutto esaurito, raddoppiando le presenze in un sol colpo. Il Regio contava ufficialmente milleduecentocinquanta posti, ma nel febbraio del '22, per l'*Otello *di Verdi, furono venduti addirittura millenovecentosettantaquattro biglietti! Be', succedeva che quelli del loggione si stringevano, del resto era gente magra e con il culo asciutto, tutta nervi e pelle e ossa, mica pescecani ben pasciuti come in platea. E il nostro loggione, per la lirica, era il più temuto al mondo! Se si veniva fischiati a Parma, erano dolori. Ma se quelli dell'Oltretorrente ti applaudivano... allora voleva dire che il successo era assicurato nel resto del paese! Be', non per niente Toscanini veniva da qui.*

Certo, Pepino Verdi andava per la maggiore, è ancora così, qua da noi, ma al Centrale, al Lux, al Reynach o all'Eden si andava anche per i concerti, le commedie, persino a vedere comici e illusionisti. Però, cercate di capirmi, non era un vezzo o una mania da poveracci che si illudevano per una sera di stare al pari dei ricchi... no, era qualcosa di molto più profondo, una sorta di identificazione tra vita e musica, si gioiva e soffriva assieme ai personaggi sul palcoscenico e ci si sentiva uniti da una passione comune; andare all'opera era il momento magico dei sentimenti in comunanza, che rappresentavano anche la solidarietà della vita quotidiana dei borghi, e stringerci insieme sul loggione ci dava quella sensazione di sentirci uniti, di condividere qualcosa di eroico e drammatico. E poi, questa gran passione la ritrovavate camminando per l'Oltretorrente a qualsiasi ora, quando si sentiva fischiettare o canticchiare arie, e non vi dico nelle osterie, che era tutto un coro di melomani con il corollario di pernacchie e sbraiti per le stonature di questo e quello. Capitava persino di sentire dei matti che dialogavano a botte di citazioni d'opera, non esagero, tutte a memoria le conoscevano, e le discussioni, prima e dopo, su come sarà e come era stata. Ah, quanto mi pare strano, raccontarlo adesso, di quella gente che sudava e sputava sangue e si alzava tre o quattro ore prima dell'alba, eppure la sera di un debutto te la ritrovavi tutta agghindata con le vesti migliori che profumavano di sapone, quell'odore di sapone schietto che c'era nell'aria non me lo scorderò mai, orgogliosi di ritrovarsi lì e vogliosi di emozioni condivise, ma pronti a non perdonare neanche un accenno di ottava sotto il dovuto. Perché in effetti spietati lo eravamo, eccome, e guai a deluderlo il loggione di Parma; e la cosa più terribile che poteva capitare a un tenore o a un soprano era sentire quelli lassù che cominciavano a ridere: la risata, sì, la risata fragorosa restava la peggiore delle punizioni per chi stonava non solo nella voce ma anche nell'aspetto, nella mancata partecipazione totale e assoluta alla parte richiesta, e al confronto i fischi erano roba da niente. Però, se il loggione ti acclamava... ah, che soddisfazione, gliela leggevi in faccia e sapevi che se la sarebbero ricordata per tutta la vita.

Quando si spegne l'eco dell'ultima nota, c'è un istante di silenzio carico di tensione: Váša Příhoda ha ancora il violino stretto sotto il mento, i capelli biondi scomposti a coprirgli il volto. Guarda verso il loggione. E nell'attimo in cui afferra di scatto il violino e lo solleva in alto, esplode l'applauso fragoroso. Anche Picelli, in piedi, applaude e scambia cenni d'assenso con il pubblico intorno. Certo non siamo al Regio, e soprattutto manca l'incanto delle voci, dell'orchestra, delle grandi storie, l'incanto a cui soggiace il vero melomane. Picelli si rammenta la riapertura del Regio dopo gli anni di guerra, con il *Rigoletto*, e più recentemente, il 18 febbraio del '20, l'*Aida* diretta dal giovane Tullio Serafin, Irma Viganò nel ruolo del titolo. Eppure anche qui c'è musica, c'è passione, c'è l'incanto del virtuoso, l'unicità dell'esecutore che entra nel favore popolare e diventa un divo.

Váša Příhoda non avrà il tempo di riposarsi in camerino. La folla lo acclama, non smette più di battere le mani e i piedi con un ritmo in crescendo, esige la sua presenza. Il giovane violinista non si fa pregare, e una volta sceso tra il pubblico del Reynach, viene sollevato da innumerevoli mani e portato in trionfo. Anche Picelli e i suoi amici seguono il corteo che si dirige all'albergo in cui alloggia il violinista: i festeggiamenti per la sua liberazione proseguono e si fondono con le ovazioni per Váša Příhoda, che una volta tornato nella sua stanza, continua a sentire il clamore in strada. Decide così di aprire la finestra e affacciarsi: sotto, il popolo dei borghi, mescolato ai "signori", si spella le mani per lui. E Váša Příhoda scompare un istante, torna con il violino stretto al mento, e a questo punto cala il silenzio assoluto. Dalla finestra dell'albergo, sciamano sul centro di Parma le note del *Trillo del diavolo* di Tartini, che fanno brillare mille occhi di commozione. Al termine, il boato del pubblico parmigiano scuote il palazzo alle fondamenta.

È ormai notte fonda quando Picelli si incammina verso l'osteria, chiacchierando con un gruppo di compagni. L'entusiasmo per il concerto e l'estemporaneo bis all'aperto non si è ancora spento, ma ben presto la realtà ha il sopravvento sui piaceri della musica.

"Meno male che sei di nuovo qui con noi," dice un amico a Picelli, con l'aria preoccupata, "perché ne sono successe di cose, in un anno. E di buone, poche, Guido, proprio poche."

Un altro aggiunge:

"Avrai saputo che in aprile i fascisti hanno tentato una sortita. Li abbiamo bloccati al Naviglio, si è sparata qualche fucilata e son volate pure delle bombe a mano, tre ore di battaglia, ma alla fine se ne sono tornati da dove erano venuti".

"Gente della zona?" chiede Picelli.

"Macché, qua i fascisti son rimasti i soliti quattro disperati che se mettono il naso fuori sanno come va a finire. In aprile ci hanno provato con i rinforzi da mezza regione, e pure dal Veneto e dalla Lombardia li hanno chiamati. Ci stanno circondando, Guido. Ormai è un assedio."

Picelli annuisce, corrucciato: il peggio sta per arrivare.

TUTORI DELL'ORDINE

Dal 21 agosto del 1920 si era insediato a Parma il prefetto Vittorio Serra Caracciolo. Un anno dopo, nell'estate del 1921, l'allora presidente del Consiglio Ivanoe Bonomi si decise a inviare una "sollecitudine scritta" alla prefettura parmigiana perché assumesse un atteggiamento meno fazioso e di parte nei confronti degli squadristi della provincia. Serra Caracciolo non tentò neppure di negare la connivenza con i settori più violenti del fascismo, al contrario, rispose accusando i socialisti di aver "condotto per anni una campagna di denigrazione contro i componenti dell'Arma dei Carabinieri", quindi era a suo avviso "presuntuosa la loro pretesa di essere difesi da quegli agenti che essi avevano insultato e fatto oggetto di violenza".

La *razza padrona* del parmense aveva fiutato l'aria e sentiva profumo di rivincita: mentre il fascismo si delineava ormai come la forza d'urto per salvaguardare gli interessi di agrari e industriali, nei grandi poli produttivi del Nord falliva l'occupazione delle fabbriche e iniziava il declino delle lotte operaie, colpite dalla reazione, disperse da un crescendo di aggressioni, attaccate dalle forze dell'ordine e lacerate da divisioni interne in molti casi insanabili. Lo spirito di solidarietà non bastava più, la massa dei disoccupati favoriva comportamenti individuali dettati dal puro bisogno di sfamare la famiglia, e ciò causava l'inesorabile indebolimento delle organizzazioni sindacali. I municipi non riuscivano più a garantire le assunzioni che fungessero da "ammortizzatori sociali", e quello di Parma, nel febbraio del 1921, era ormai al collasso, costretto a licenziare uno stuolo di manovali addetti alla manutenzione di argini e strade. Mentre a livello nazionale la Fiom aveva firmato un concordato con gli industriali, molte aziende del parmense non solo rifiutarono di rispettarlo ma addirittura decisero unilateralmente la diminuzione dei salari e tagliarono l'indennità del "carovita", oltre a licenziare gradualmente tutti gli operai sindacalmente più attivi. Un altro fattore determinante nell'azione dei fascisti in favore del padronato e degli "interessi nazionali" fu il capillare intervento di crumiraggio, che incrinava o faceva fallire scioperi come quelli dei ferrovieri e dei postelegrafonici: squadre organizzate si sostituivano ai lavoratori e garantivano una parziale funzionalità dei servizi. Nel triste *album dei ricordi* di quelle iniziative scellerate, resta per esempio l'immagine di una fanatica, certa Ines Donati, che si fece ritrarre assieme a un paio di camerati con le ramazze in mano, mentre spazzavano le vie di Roma durante lo sciopero dei netturbini che chiedevano un salario dignitoso.

Certo, non furono pochi i fascisti della "prima ora" che compresero la vera essenza del fenomeno mussoliniano, ma era troppo tardi. I giovani sindacalisti rivoluzionari che avevano aderito al programma "diciannovista", militanti dei circoli "Filippo Corridoni", furono i primi a rompere gli indugi e a schierarsi contro Mussolini e i suoi squadristi. Il fascismo si sarebbe comunque impossessato della figura di Filippo Corridoni, sindacalista rivoluzionario e convinto interventista legato ad Alceste De Ambris, arruolatosi volontario e caduto in combattimento sul Carso nell'ottobre del 1915.

Si può vedere ancor oggi il monumento che il fascismo al potere gli eresse nel cuore di Parma Vecchia, e fu l'ennesimo caso di "appropriazione indebita" di cui trabocca la storia del Ventennio e anche quella delle origini; persino buona parte della simbologia era stata trafugata, a cominciare dal nero, colore della bandiera anarchica, alla divisa, che richiamava quella degli Arditi durante e dopo la guerra, così come il teschio con la baionetta tra i denti, emblema ufficiale della prima associazione Arditi del Popolo – cinto da alloro e con la scritta "A noi!", poi assurto a motto dei loro mortali nemici – e addirittura il fascio littorio, che apparteneva all'iconografia della Rivoluzione francese, anche se a un certo punto gli Arditi del Popolo assunsero il simbolo dell'ascia che spezza in due il fascio proprio per rimarcare la scelta di lotta antifascista. Un altro "barricadiero" che il fascismo fece rivoltare nella tomba fu senz'altro Giovanni Battista Perasso *vulgo* "Balilla", il ragazzino genovese che il 5 dicembre 1746 si mise a scagliare pietre a un drappello di artiglieri austriaci, gesto ribelle che scatenò l'insurrezione contro la tirannia.

Così, mentre i corridoniani combattevano gli squadristi e versavano il proprio sangue per tentare di arginare il dilagare della reazione in Italia, lo sfortunato Filippo Corridoni riceverà, a diversi anni dalla morte, insultanti omaggi e proprio da parte di chi aveva massacrato i suoi compagni di ideali. Inutilmente la madre e la sorella inviarono una lettera di solidarietà agli insorti delle barricate di Parma: una volta preso il potere, il fascismo la cancellerà dalla memoria storica, così come eliminerà, anticipando una pratica staliniana, l'immagine di De Ambris da una foto del 1915 che lo ritraeva accanto a Corridoni e a Mussolini in una manifestazione interventista.

Un altro caso eclatante di giovane fascista parmigiano ravvedutosi fu quello di Marco Degli Andrei, Ardito di guerra, che nel '21 scrisse una lettera aperta pubblicata su "Il Piccolo":

"Fui fascista d'azione quando il programma fascista diceva di proteggere le file proletarie e di combattere il pescecane, l'agrario, il prete. Non c'era allora nel programma fascista di incendiare le Camere del Lavoro, di uccidere, di bastonare dei proletari, di essere contro i movimenti facendo opera di crumiraggio, di proteggere proprio i privilegi degli agrari".

Nella primavera del 1921 non ci fu più alcuna possibilità di equivoco e confusione: lo squadrismo era l'arma dirompente del padronato agrario e industriale, e nessuno poteva più illudersi di contenerlo con un perverso crescendo di concessioni o lanciando appelli allo stato perché impedisse o reprimesse le sue azioni devastatrici. Lo stato sabaudo e il padronato avevano già fatto la loro scelta, e l'antifascismo dovette soccombere sotto la forza d'urto della violenza cieca degli squadristi e di quella selettiva ma sicuramente più efficace dei "tutori dell'ordine".

Se in alcuni casi – purtroppo isolati e sporadici – si registrarono interventi "legalitari" da parte dei carabinieri, come per esempio a Sarzana dove i militi della caserma locale si schierarono con gli Arditi del Popolo contro i fascisti – che per altro avevano iniziato la spedizione ammazzando un sottufficiale dell'esercito regio – nel parmense la complicità dell'Arma assunse forme di spudorato appoggio. Numerose cooperative che avevano chiesto protezione furono incendiate e ridotte a cumuli di macerie proprio perché i carabinieri si ritirarono al momento dell'arrivo degli squadristi, come nel caso di Torrechiara, oppure rimasero chiusi in caserma, come quando vennero attaccate e distrutte le sedi sindacali di Roccabianca, a soli venti metri dalla tenenza dell'Arma, e non aprirono neppure quando alcuni dirigenti aggrediti andarono a bussare freneticamente chiedendone l'intervento. I sindaci delle amministrazioni di sinistra – come Busseto, Fornovo, Noceto, Soragna – dovettero rinunciare al mandato e nascondersi, perché gli apparati dello stato, malgrado le direttive ministeriali, di fatto non garantivano loro alcuna difesa dalle aggressioni. Quando la cooperativa Santa Croce venne assalita, e come da copione i carabinieri si allontanarono in silenzio, il consigliere comunale Antenore Bianchi si recò successivamente nella caserma di Zibello per denunciare il fatto, assieme a un amico. Il maresciallo, per tutta risposta, li prese a pugni e calci, aiutato nell'impresa da un commilitone, sbraitando che anche lui era fascista e, sbattendoli fuori pesti e doloranti, li minacciò dicendo senza mezzi termini: "Potete fare tutte le denunce che volete, tanto so come andranno a finire, l'aria è cambiata, e comunque, se mai dovessi avere qualche noia, vi faccio la pelle". Antenore Bianchi non si lasciò intimidire e si recò più tardi da un capitano per poter finalmente sporgere denuncia. Di lì a poco, un camion carico di squadristi piombò davanti alla sua casa: erano stati avvertiti dai carabinieri, ma fortunatamente non lo trovarono. Si sfogarono con il prosindaco Giuseppe Ghelfi, che aveva assistito i due operai della cooperativa distrutta: fu pestato a sangue e finì all'ospedale in gravi condizioni.

Il mostro appena partorito aveva un solido cordone ombelicale...

In quell'anno che Picelli aveva trascorso in carcere, la situazione era divenuta ormai drammatica, insostenibile. I fascisti agivano in armi. Tra il febbraio del '21 e l'agosto del '22, gli squadristi assassinarono venticinque oppositori nella sola provincia di Parma, mentre il numero dei feriti fu incalcolabile. Per contrastarli, sorsero in molte città d'Italia associazioni di ex combattenti che non si lasciarono ingannare dalla propaganda patriottarda fascista, e scelsero di battersi: nacquero così gli Arditi del Popolo, e a Parma fu Picelli a organizzarne una delle sezioni più forti e agguerrite.

"SIAM DEL POPOLO GLI ARDITI..."

Una manifestazione di lavoratori, a Parma, viene caricata dalle guardie regie. I manifestanti sbandano, le bandiere rosse ondeggiano, qualcuno cade a terra travolto dalle forze dell'ordine e i compagni cercano affannosamente di portarlo al riparo, le donne inveiscono contro gli agenti che non hanno riguardi neppure per loro. In un momento di pausa, con le guardie che si raggruppano per effettuare una nuova carica, da una stradina laterale arriva un rumore di passi cadenzati, scarponi militari in marcia...

Irrompono sulla scena gli Arditi del Popolo, un'ottantina, schierati disciplinatamente, con uniformi improvvisate: alcuni hanno l'elmetto *Adrian* del '15-18, pantaloni grigioverdi e scarponi, maglione scuro o camicia militare, molti impugnano mazze ferrate e bastoni, quasi tutti hanno la baionetta alla cintura e qualcuno anche la fondina con la pistola. Guido Picelli è alla testa del plotone, che si interpone tra guardie regie e manifestanti. L'ufficiale delle forze governative intima di sciogliersi o darà l'ordine di aprire il fuoco. Picelli gli risponde in tono determinato:

"Siamo gli Arditi del Popolo. Non abbiamo indietreggiato sul Carso e sul Piave, figuriamoci se lo faremo adesso. È facile per voi massacrare i lavoratori inermi. Ma ora, il popolo ha il suo esercito pronto a difenderlo. Pensateci bene, perché se aprite il fuoco, lo faremo anche noi!".

Gli Arditi armati impugnano le pistole, gli altri brandiscono le mazze disponendosi a contrattaccare. L'ufficiale impreca, guarda i suoi uomini e poi gli avversari schierati; con un lento gesto della mano fa segno agli agenti di restare fermi sul posto. Infine, si decide ad avanzare a passi nervosi, da solo. È calato un silenzio teso, i passi echeggiano nella strada dell'Oltretorrente. Giunto di fronte a Picelli, dice in tono perentorio:

"Qualificatevi!".

"Tenente Guido Picelli degli Arditi del Popolo."

"Picelli...? Il deputato Picelli?" chiede l'ufficiale, visibilmente imbarazzato.

"Per voi, e qui, sono il tenente Picelli."

"Onorevole o tenente... voi state rischiando grosso! Questa è insurrezione armata contro l'autorità dello Stato!"

"No, capitano: questa è pura e semplice autodifesa. Ordinate di lasciar passare i manifestanti, o scorrerà il sangue, e la responsabilità sarà soltanto vostra!"

L'ufficiale tentenna, freme di rabbia ma, osservando la determinazione degli Arditi, che sembrano disposti a tutto, finisce per tornarsene indietro.

In un tripudio di bandiere rosse, i manifestanti riprendono ad avanzare dietro agli Arditi inquadrati militarmente.

I fascisti cominciarono ad assaggiare il frutto della loro stessa violenza: ovunque vi fossero gli Arditi del Popolo, non godettero più della totale impunità, perché gli Arditi rispondevano colpo su colpo e spesso li respingevano e disperdevano. In molte città d'Italia erano sorte formazioni di Arditi: da Roma a Bari, da Ancona a Livorno, da Sarzana a Piombino. Lo squadrismo, che si nutriva del mito della forza e della sopraffazione, entrò in crisi, rischiando lo sbandamento.

A quel punto, lo stato sabaudo e il governo decisero di intervenire duramente, facendo pendere il piatto della bilancia. Mentre i fascisti erano liberi di armarsi e riorganizzarsi, gli Arditi del Popolo venivano perseguitati, ricorrendo all'accusa di porto d'armi abusivo e formazione di banda armata.

E anche per Picelli ricominciò l'andirivieni in carcere.

Lo avrebbero sbattuto in galera tre volte, e sempre con l'accusa di porto d'armi abusivo. Certo, lo sapevano, senza pistola rischiava la pelle. Perché se a Parma i fascisti erano pochi e soprattutto non osavano tentare sortite nell'Oltretorrente, ogni tanto, però, arrivava qualche manipolo da fuori, con la precisa intenzione di liquidarlo.

L'ONOREVOLE PICELLI

In un'affollata osteria, Picelli sta discutendo animatamente e dichiara con veemenza:

"Patteggiare con i fascisti è da sciagurati! Loro non rispettano nessun patto, conoscono solo la legge del più forte! Ma come si può parlare di 'pacificazione' con dei terroristi che devastano e ammazzano? È da irresponsabili fare concessioni in un momento come questo. Il fascismo si alimenta di violenza, e quando viene battuto sul campo si sgretola, perde coesione".

Picelli viene interrotto da tre carabinieri che entrano nell'osteria e si dirigono verso di lui.

"Onorevole Picelli," gli intima il graduato, "alzate le mani, prego."

Picelli lo squadra da capo a piedi, senza obbedire. I due militi imbracciano i fucili. A questo punto, si leva un vociare dai tavoli. Tutti i presenti balzano in piedi, pronti a reagire.

"Fermi! Non diamo pretesti, state tutti calmi!" grida Picelli.

Poi, fissando beffardo il graduato, alza lentamente le braccia. Lo perquisiscono e gli prendono una rivoltella che porta alla cintura.

"E questa, onorevole, come la giustificate? Avete il porto d'armi?"

Picelli sbotta:

"Macché porto d'armi, sapete bene che le autorità non

me lo hanno concesso. Così come sapete che è mio diritto difendermi!".

Il graduato dei carabinieri annuisce e declama ad alta voce, per farsi sentire malgrado il brusio ostile:

"La legge è legge, e quali che siano i vostri diritti, io ho il dovere di farla rispettare. Mi spiace, onorevole Picelli, ma dovete seguirmi".

Picelli fa un ultimo gesto ai presenti perché restino calmi, e segue i carabinieri.

Quella notte, la porta della cella si richiude alle sue spalle.

Alcuni giorni dopo, lo stesso secondino apre e dice in tono sarcastico:

"Onorevole Picelli..." e gli fa un mezzo inchino invitandolo a uscire.

"Non luogo a procedere?" chiede Picelli squadrandolo di traverso.

Il secondino annuisce.

Ripresa immediatamente l'attività di "agitatore", come riportavano le veline della questura, Picelli non rinuncia a frequentare le osterie nell'Oltretorrente. Una sera sta tornando a casa. In un vicolo deserto ci sono delle ombre in agguato. Una donna le nota dalla finestra, e si accorge che Picelli sta andando loro incontro. Spalanca le persiane, grida: "Picelli! Occhio, Picelli!" e gli indica il punto in cui sono appostati gli aggressori. Quattro individui corrono verso di lui brandendo bastoni e pugnali, uno impugna anche una pistola semiautomatica. Picelli estrae la rivoltella, urla:

"Cercate me, branco di vigliacchi?" e punta l'arma, alzando il cane. I fascisti si bloccano per un istante. Picelli li prende di mira uno dopo l'altro. Da un vicolo laterale spuntano tre guardie regie, fucili spianati. Gli aggressori battono in ritirata. Picelli guarda sconcertato gli agenti che non si muovono, esclama:

"Ma che state facendo? Non li avete visti, quelli?".

Il graduato continua a fissare lui e la rivoltella, dice in tono freddo:

"Io vedo che voi impugnate un'arma. Avete il permesso per detenerla?".

Picelli sbuffa rassegnato, consegna la rivoltella e poi tende i polsi alle manette, gli "schiavettoni" in uso all'epoca, con catene e viti a farfalla. Dalla finestra, la donna si rivolge al marito in casa: "Stanno arrestando Picelli!". L'uomo si sporge, guarda, poi si apre un'altra finestra, e un'altra ancora, tutta la via esplode in urla contro le guardie regie, che portano via il fermato in fretta e furia.

Picelli torna in carcere. Stessa scena: entra in cella di notte, e qualche giorno dopo il secondino riapre e lo fa uscire. Picelli accenna un saluto alzando il cappello sulla testa. Il secondino risponde: "Onorevole Picelli, i miei ossequi...".

Nella sua stanza, Guido Picelli scrive:

"In tutta la Valle Padana, Parma è l'unica zona che non sia caduta in mano al fascismo oppressore. La nostra città, compresa una buona parte della provincia, è rimasta una fortezza inespugnabile, malgrado i tentativi fatti da parte dell'avversario. Il proletariato parmense non si è piegato e non si piega...".

Una donna si è appena alzata dal letto, in sottoveste. Lo abbraccia da dietro.

"Ma non dormi mai, te. Che ore sono?" chiede assonnata.

Picelli le accarezza le mani che gli premono delicate contro il petto:

"Le undici. Rimettiti a letto. Io devo andare a un appuntamento. Aspettami qui, non farò tardi".

"Guarda che non mi trovi, se rientri all'alba come l'ultima volta..." conclude lei, imbronciata. Si baciano. Poi Picelli, senza farsi vedere, prende una rivoltella dal cassetto e se la infila nella cintura, dietro la schiena. Esce nella notte.

In testa, un groviglio di pensieri. Non è mai stato un "profeta ottocentesco" dell'ideale, della missione da compiere a cui sacrificare ogni istante dell'esistenza, ama la compagnia degli amici e ama le donne che condividono le sue passioni, e le ama in modo tutt'altro che ascetico, anche se è da tempo che non prova più quel misto di gioia esaltante e angoscia sottile che ha conosciuto, prima della guerra. Quando il teatro era la passione principale, c'era stata Norma che lo aveva "incendiato", così aveva scritto in una lettera all'amico attore Alberto Montacchini: "Potrei anche essere disperato, in certi giorni, e poi, mi basta vederla, parlarle, starle vicino, e l'anima mia tocca il cielo... Norma e il mio teatro, lei accanto a me e il mormorio del pubblico al di là del sipario calato, la gente venuta a sentirmi... Non c'è altro che possa interessarmi se ho lei e il teatro. Puoi chiedere al sole di non splendere ma non chiedere a me di non amarla".

Sono passati pochi anni, in fondo, ma gli sembra un'altra vita e stenta a riconoscersi in quel giovane che avvampava di desiderio e si dichiarava "sconfitto dall'amore" e disposto a rovinarsi per la ragazza amata, a fare qualsiasi patto con Mefistofele in persona.

Mi perdona l'ardimento
Che dal labbro mi sfuggì
Quando il magico portento
Del tuo viso m'apparì.

Glli tornava in mente l'aria di Boito così come l'aveva cantata al Regio un anno prima Luigi Manfrini. Norma come Margherita: nell'opera era lei che si dannava, ma nella vita era lui, il Picelli, a mettere in gioco tutto.

Ora, invece, sente come una scorza sul cuore, e non sa se dispiacersene o accettarla per quello che è: la logica conseguenza del cammino fin qui percorso, le esperienze della guerra, la lotta quotidiana, le responsabilità assunte con la militanza. Eppure, malgrado tutto, continua a incontrare donne generose che non gli chiedono nulla e lo amano come adesso le ama lui, senza innamorarsi. Sa che certi comportamenti forniscono materiale morboso ai tetri compilatori di schedari, che aggiungono particolari "scabrosi" ai voluminosi faldoni intestati a suo nome negli archivi, ma che importa, che si dilettino pure a descriverlo come un debosciato, poveri frustrati che vivono nell'ombra grigia di stanze polverose, intenti a tramandare schedature alla futura memoria di altri che faranno lo stesso mestiere insano.

Percorre una stradina del borgo. A poche centinaia di metri, tre carabinieri sono appostati dietro un angolo. Lo aspettano per l'ennesima volta. Prima che Picelli arrivi nelle loro vicinanze, un uomo dall'aspetto prestante e agile, affretta il passo e lo raggiunge. Picelli se ne accorge, pensa a un aggressore, mette la mano sul calcio della rivoltella che porta dietro la cintura. Il giovane, poco più che ventenne ma dall'aria di uomo maturo che ne ha già viste tante, si ferma, lo fissa negli occhi, dice a bassa voce in tono risoluto:

"Tu sei Picelli, vero? Guarda che ti stanno aspettando" e indica con un cenno del mento verso l'angolo di strada, ma i carabinieri non si scorgono dal punto in cui si trovano i due.

"Non credo di conoscerti" mormora Picelli, diffidente. L'altro, sbrigativo, allunga la mano facendo un gesto eloquente:

"Dài, sbrigati, dammi la rivoltella, se non vuoi finire dentro un'altra volta".

I due si studiano per qualche istante. Picelli non sa se fidarsi. Ma qualcosa, nell'uomo che gli sta davanti, sembra convincerlo... Uno dei carabinieri appoggia il calcio del fucile a terra. Nel silenzio della notte, Picelli sente il rumore. Rapido scambio di sguardi con lo sconosciuto, poi gli consegna la rivoltella. L'altro dice:

"So dove riportartela, fidati". E si dilegua nel buio.

I carabinieri escono allo scoperto, Picelli alza le mani e si lascia perquisire rassegnato. Con loro scorno, non gli trovano armi addosso. Picelli li saluta con un sorriso di sfida e riprende a camminare per la sua strada.

Nella sede degli Arditi del Popolo, Picelli sta discutendo con altri militanti, quando entra lo sconosciuto a cui ha consegnato la pistola. Si apparta con lui. L'uomo gli restituisce l'arma, e sfilandola dalla cintura mostra una seconda pistola, la sua, il cui calcio sporge da una tasca interna della giacca. Picelli la nota. Poi, lo sconosciuto si presenta, dandogli la mano:

"Mi chiamo Antonio Cieri, sono a Parma da pochi mesi". L'accento è abruzzese.

"E da dove vieni?" chiede Picelli. "Non sembri uno di queste parti, e comunque... io non ti conosco. Anche se..." Picelli si sforza di ricordare, dice tra sé: "Cieri... Il tuo cognome mi suona familiare".

Cieri sorride, dice:

"Vengo da Ancona. E prima ancora, stavo a Vasto. Ma mi piace dire che sono un cittadino del mondo, un posto o l'altro, per me..." e si stringe nelle spalle.

"Ancona? E là conosci dei compagni?"

Cieri annuisce.

"Praticamente tutti. Nel giugno del '20 abbiamo combattuto per quattro giorni contro l'invio dei soldati in Albania. Io ero con quelli che hanno preso la caserma Villarey. Chiedi ai compagni anarchici di qui, loro mi conoscono."

"Ah, anarchico, dunque..." annota Picelli in tono neutro. "Noi Arditi preferiamo lasciare le differenze d'ideali e di partito per un domani migliore. Oggi c'è un nemico comune da combattere."

"Sì, sono d'accordo con te. Peccato che i socialisti e i comunisti vengono espulsi dai loro partiti se aderiscono agli Arditi. I socialisti perché hanno fatto quello schifo di 'pacificazione' coi fascisti, e i comunisti perché sono troppo settari per capire dove tira il vento... Noi anarchici, di questi problemi non ne abbiamo. Noi non dobbiamo vergognarci dei deputati che dicono di rappresentarci."

Picelli ride divertito:

"Ehi, Antonio, guarda che son deputato anch'io" lo redarguisce in tono scherzoso.

Cieri annuisce ironico. Picelli aggiunge:

"Ma parlando seriamente: vedo che di armi te ne intendi" e fa un cenno verso il calcio della pistola che spunta dall'interno della giacca. "Hai esperienza, intendo dire, oltre alle battaglie per le strade di Ancona?"

"Non mi piace ricordarlo," risponde Cieri, "ma in guerra ho fatto la mia parte. Posso addestrare degli uomini, se è questo che volevi sapere."

Picelli allarga le braccia:

"Benvenuto tra gli Arditi del Popolo di Parma!".

I due si abbracciano.

"Come mai hai deciso di trasferirti qui?"

"Decisione forzata: lavoro in ferrovia, e dopo i fatti di Ancona, il trasferimento è il minimo che potevo aspettarmi."

Picelli si mette a ridere:

"Ah, bella punizione! E pensavano di allontanarti dalle rivolte spedendoti proprio a Parma? Dài, vieni, che ti offro un bicchiere!".

L'ANARCHICO ABRUZZESE

Era nato a Vasto il 10 novembre 1898. Lo avevano mandato al fronte con il 7° Reggimento Genio Telegrafisti, un reparto che, dalla denominazione, non avrebbe dovuto offrire grandi occasioni di eroismo. E invece, Antonio Cieri, che in quella guerra non ci credeva quanto i compagni interventisti che pure frequentava, si era ritrovato all'inferno e aveva preso i demoni per le corna. A diciannove anni, con i gradi da caporale cuciti sulla divisa infangata e schizzata di sangue, rimase per ore e ore e per giorni e notti sotto un martellante fuoco di artiglieria, in mezzo a soldati ormai completamente impazziti, inebetiti, con la bava che colava dalla bocca e lo sguardo spento, grovigli e fagotti di nervi spezzati che tremavano o ridevano in modo agghiacciante, annichiliti dalla follia che squaglia il cervello dopo aver sopportato per troppo tempo un bombardamento a tappeto. E lui niente, ritto e scattante neanche fosse invulnerabile, con più fatalismo che coraggio, sotto gli obici che arrivavano facendo un rumore all'apparenza poco minaccioso, flop-flop-flop-flop, ma che gelava le ossa a chi aveva imparato a riconoscerlo, una serie di schiaffi all'aria in crescendo che si risolvevano in boati sordi, o sordi erano i superstiti che non li sentivano come dovevano essere davvero, per via dei timpani infiammati o già sfondati, e scoppiavano senza requie, dove capita capita, e allora tanto valeva fregarsene, che sotto il pettine dell'artiglieria crucca nessuna pulce poteva decidere se, come e quando salvarsi, lo decideva il caso e niente altro... Antonio Cieri andava spedito da una postazione all'altra. Le bombe sembravano inseguire il caporale anarchico, senza elmetto in testa, gli scarponi a brandelli, che non si lasciava terrorizzare dal terrore, e sfracellavano trincee, casematte e colline intere. Quel ragazzo era invisibile alle spolette che lo cercavano fischiando. Il maledetto fischio, cercavi di individuarlo a orecchie tese e occhi strabuzzati, in pochi istanti trapanava il cervello e così, se subito dopo non si portava via un braccio, una gamba o una vita intera in una botta sola, c'era chi si ritrovava vivo ma non provava stupore né gioia, perché il "richiamo della spoletta" si era comunque portato via il senno.

Era l'ultima, estrema, intensa offensiva austriaca, da Asiago al Grappa fino al Piave, dove riuscirono a sfondare in vari punti. La chiamarono Battaglia del Solstizio, e in un solo mese di tarda primavera avrebbe falciato duecentotrentamila vite, una carneficina inenarrabile, più una *milionata* di feriti, che quelli non si perdeva neppure tempo a contarli. Montepallone tra il 15 e il 18 giugno 1918 era diventato una luna di crateri e deserti desolati, con più buche di granate che ciuffi d'erba, più schegge che sassi, neppure un albero ma soltanto moncherini carbonizzati e fumanti, e alla fine stava in piedi soltanto il caporale Cieri Antonio da Vasto, classe 1898, di anni diciannove, medaglia di bronzo al valor militare conferita sul campo con procedura d'urgenza per l'eroismo dimostrato *quale capostazione di telegrafia ottica scoperta in zona intensamente battuta dall'artiglieria nemica sprezzante del pericolo compiva la missione affidatagli con serenità e zelo ben raro mantenendo incessantemente le comunicazioni*.

Che mare di stronzate, pensava l'anarchico Antonio Cieri, ho solo tentato di salvare quei poveracci che mi crepavano tra le braccia sbudellati e con gli occhi fuori dalle orbite, ma quale senso del dovere e quale patria, laggiù, in quella poltiglia di merda e sangue, ancora non lo so come diamine ho fatto a uscirne vivo, e non era certo l'idea di una medaglia, e pure di bronzo, sai che roba, a spingermi avanti, a farmi andare fino alla postazione successiva per dire a quei disgraziati come tentare di salvarsi tra una salva e l'altra degli obici crucchi... Comunque, di situazioni del genere Cieri ne affrontò diverse, e non lo animava l'anelito della bella morte ma la pura e semplice solidarietà tra disperati. Non odiava gli austriaci ma odiava i fanatici e gli ipocriti, e avrebbe continuato a combattere la stessa battaglia fino all'ultimo dei suoi giorni.

Dopo il congedo trovò un impiego nelle Ferrovie, come "disegnatore principale", e venne assegnato al dipartimento di Ancona. La città portuale marchigiana vantava una tradizione sovversiva di vecchia data, e Cieri si gettò anima e corpo nella militanza attiva. Alla fine di giugno del 1920, dai moli di Ancona dovevano partire i contingenti per l'Albania, spediti oltre Adriatico a reprimere una sommossa popolare. La solidarietà tra sfruttati e l'antimilitarismo contro le avventure coloniali dei Savoia – un imperialismo da operetta che però mieteva vittime per una tragedia fin troppo *reale* – scatenò la rivolta della popolazione più sensibile e civile di Ancona, e Antonio Cieri non rimase a guardare: al fronte aveva imparato a combattere e a trattare la morte con rispetto, e fu lui a guidare l'occupazione della caserma Villarey, dove i bersaglieri dell'11° Battaglione erano acquartierati in attesa di raggiungere Valona. La maggioranza dei soldati si unì agli insorti che si impossessarono dell'arsenale e Cieri tornò fuori con un gruppo di bersaglieri per organizzare la distribuzione di fucili, bombe a mano e munizioni. Carabinieri e guardie regie intervennero assieme a reparti dell'esercito rimasti fedeli al regime e la caserma fu stretta d'assedio. Mentre intorno alla Villarey si scatenava una sparatoria infernale, con i bersaglieri ammutinati e alcuni anarchici che rispondevano colpo su colpo, in città veniva proclamato lo sciopero generale e sorgevano barricate ovunque.

Il vecchio Giolitti era tornato al governo da tre giorni,

e la sua principale preoccupazione fu di evitare che Ancona si aggiungesse alla "grana fiumana". Cento miglia di mare separavano le due città sovversive: se all'esempio di Fiume fosse seguito quello di Ancona, poteva essere l'inizio di un'insurrezione dilagante, tanto più che lo stesso 26 giugno anche Piombino era in mano ai rivoltosi che avevano messo in fuga le forze governative a suon di candelotti di dinamite... Giolitti diede ordine alla marina da guerra di bombardare la città. Le cinque torpediniere alla fonda nel porto cominciarono a sparare cannonate a casaccio, prontamente imitate dalle batterie della Cittadella, con effetti devastanti anche se, per ammissione degli stessi comandi militari, non riuscivano a colpire *con precisione* gli insorti. Vi furono venticinque morti e centinaia di feriti, interi caseggiati sventrati e strade cancellate dalle granate, ma i rivoltosi continuavano a resistere. La notte del 26, i bersaglieri dovettero arrendersi sotto la minaccia di radere al suolo la caserma con un diluvio di bombe, ma dai quartieri popolari continuarono per tutta la giornata seguente a piovere fucilate sui reparti dei carabinieri e delle guardie regie che tentavano di rioccupare la città. Intanto, repubblicani e socialisti, di fronte all'incessante bombardamento dal mare, prendevano le distanze dall'insurrezione e dalla proposta degli anarchici di proclamare una repubblica rivoluzionaria alleata con Fiume. L'invio di grossi contingenti di truppe e forze dell'*ordine sabaudo* – che ad Ancona venne imposto alla maniera di un "Re Bomba" borbonico – ebbe infine il sopravvento, si passò alla fase dei rastrellamenti anche nei centri della provincia, a Jesi in particolare, dove gli scontri a fuoco si sarebbero protratti fino al 28 giugno. I giornali dell'epoca titolarono *Sconfitta degli anarchici*, ma intanto Giolitti rinunciava all'avventura in Albania e al proposito di inviare altri soldati: dalle caserme giungevano echi poco rassicuranti per il governo e soffiavano venti di rivolta così forti in Italia da lasciar perdere le burrasche oltre l'Adriatico.

Antonio Cieri non riuscirono a prenderlo in quel frangente, ma fu impossibile per lui evitare la schedatura come "sovversivo" che aveva partecipato all'insurrezione. Però era pur sempre un decorato di guerra, che sui rapporti delle gerarchie militari figurava come un eroico combattente, di conseguenza, era facile capire quanto fosse più comodo e meno imbarazzante rinunciare al suo arresto optando per il trasferimento. Qualcuno forse sbagliò i calcoli, perché le Ferrovie lo destinarono a Parma, dove la solidarietà con gli insorti di Ancona era stata fortissima.

Il 13 dicembre 1921, il "disegnatore principale" arrivava nella città emiliana e si presentava alla Sezione Lavori delle Ferrovie, prendendo servizio nell'ufficio tecnico. Trovò una stanza nella pensione della famiglia Beatrisotti, al 58 di Borgo del Correggio, e prese l'abitudine di andare a mangiare nella trattoria "da Probo", in via XX Settembre, frequentata dai ferrovieri di passaggio. Ben presto entrò in contatto con un altro ferroviere, Primo Parisini, macchinista assegnato al compartimento di Bologna. I due divennero amici inseparabili, e li ritroveremo fianco a fianco sulle barricate del '22; una coppia affiatata che la gente del Naviglio ribattezzò "i du forestér" perché venivano da fuori Parma. Un altro anarchico che Cieri frequentava in quel periodo era Alberto Puzzarini, che verrà assassinato dai fascisti in un agguato nel luglio del 1923. Entrarono tutti e tre nelle file degli Arditi del Popolo organizzati da Picelli, che li stimava a tal punto da affidare proprio a loro la difesa del Naviglio, la zona più difficile da tenere contro gli assalti degli squadristi di Farinacci e Balbo.

Guido e Antonio si erano intesi fin dal primo incontro. Fu un'amicizia immediata, istintiva, che divenne subito complicità tra combattenti. Per Picelli, Cieri rappresentava il compagno ideale, soprattutto in quella situazione. L'anarchico era un uomo d'azione, carismatico, capace di suscitare rispetto senza bisogno di dare ordini, grazie a una sorta di spontanea capacità persuasiva. L'esempio era la sua forza.

Ne avevano di cose in comune, quei due. Un coraggio da leoni, ma senza smargiassate, freddi di fronte al pericolo e, al tempo stesso, passionali e generosi nell'affrontare la vita d'ogni giorno. Nei rapporti umani consideravano sacra la riconoscenza per il bene ricevuto ma sapevano essere duri e inflessibili con chiunque si dimostrasse meschino e opportunista. Antonio era anche un uomo colto, istruito, poco incline a mettersi in evidenza, forse più schivo rispetto a Guido, ma altrettanto espansivo e pronto a godere quei pochi momenti di allegria, sempre più rari, che la lotta quotidiana concedeva loro.

“IMPARATE A RISPETTARE LA PAURA”

Primavera del 1922. Antonio Cieri addestra in una radura un gruppo di Arditi: insegna loro a smontare e rimontare un moschetto, una pistola, il tutto con gesti essenziali e svelti, da esperto. A una certa distanza, le vedette montano turni di guardia pronte a dare l’allarme se dovessero avvistare soldati o forze dell’ordine.

“Un’arma pulita e ben oliata difficilmente si inceppa” dice come se tenesse una lezione. “Polvere, terriccio, fango, umidità, con il tempo si accumulano sui meccanismi, all’interno della canna e della camera di scoppio, e la stessa polvere combusta crea ossido che sedimenta e corrode. Poi, un brutto giorno, vi ritrovate davanti il nemico e dovete difendervi. E posso assicurarvi che in quegli istanti non si può provare sensazione peggiore al mondo del sentire il percussore che batte a vuoto, o il grilletto che non arriva a fondo corsa. Dalla pulizia e dall’efficienza dell’arma dipende la salvezza vostra e dei vostri compagni. Non dimenticatevelo mai.”

In un improvvisato poligono di tiro, l’addestramento prosegue su una sagoma con il fez in testa. Gli Arditi del Popolo sparano a turno alternando la posizione sdraiata a quella inginocchiata. Cieri è attento a ogni colpo che viene sparato e dà consigli su come centrare il bersaglio al primo tentativo.

“La priorità assoluta è risparmiare munizioni” declama

ai combattenti in tono energico. “Mai, ripeto, mai sparare a casaccio cedendo all’impulso. Non dovrete premere il grilletto finché non distinguerete il colore degli occhi del vostro nemico. E se quello vi sta sparando, ricordate sempre che un uomo all’assalto, un uomo in corsa, non potrà mai essere preciso quanto voi che siete fermi e ben appostati! E un’altra cosa... la più importante: imparate a rispettare la vostra paura. La paura non va ignorata, ma riconosciuta e controllata. Il coraggio, senza una giusta dose di paura, serve solo a farsi ammazzare come fessi!”

Gli allievi non perdono una parola.

Quindi, Cieri allena gli Arditi nella corsa e negli esercizi ginnici: vuole trasformare il gruppo di giovani antifascisti in un battaglione agguerrito, affiatato, disciplinato.

“Perché nel combattimento la forma fisica conta molto, i riflessi e lo scatto possono salvarvi la vita in un corpo a corpo, e inoltre... con un buon allenamento si corre più veloci quando c’è da scappare.”

Tutti ridono, tranne uno:

“Be’, se alla fine dovremo darcela a gambe, vale la pena fare tanta fatica adesso?”.

Cieri torna serio. Fissa negli occhi l’Ardito che ha appena parlato, poi tutti gli altri, uno a uno.

“Era una battuta stupida, lo ammetto. Abbiamo fatto la nostra scelta proprio perché non vogliamo più indietreggiare, perché siamo stufi di buscarle e doverci pure nascondere dopo averle prese. Ma questa è una guerra, e in guerra ci si deve anche ritirare, e sapere come farlo senza che si trasformi in una rotta, in una fuga allo sbando. Ritirarsi in buon ordine e infliggendo perdite al nemico che avanza, significa evitare la disfatta completa e, soprattutto, avere la possibilità di contrattaccare. Ma se in una situazione del genere vi ritrovate con la lingua di fuori e il cuore che scoppia, esausti e senza fiato, allora non vi resterà una seconda possibilità: vi spareranno nella schiena e basta. Ce l’avete chiaro il concetto o devo ripeterlo?”

Nessuno risponde. Uno dopo l’altro, gli Arditi riprendono gli esercizi senza risparmio di energie, sudando e ansimando, cercando di tenere il ritmo di quel forsennato del "forestér", che chiamano anche "al Ross" per il colore biondo rossiccio dei capelli, l'anarchico abruzzese dalla volontà di ferro e che non chiede a nessuno di fare ciò che lui non riesca a fare per primo.

E si arrivò così allo sciopero generale proclamato per il 1° agosto del '22. Doveva essere la dimostrazione che i lavoratori rifiutavano in massa le violenze dei fascisti: nel comunicato dell'Alleanza del Lavoro si preannunciava come "solenne ammonimento al governo perché venga posta fine alle azioni contro le libertà civili", ma era troppo tardi, e per di più la notizia venne divulgata con qualche giorno di anticipo, dando al nemico il tempo di organizzare la repressione. Mussolini aveva lanciato l'ultimatum di quarantott'ore, scaduto il quale sarebbero intervenute le squadracce armate fino ai denti. Però non aveva messo nel conto l'iniziativa di qualche altro gerarca che era fermamente intenzionato a rompergli le uova nel paniere: nei suoi progetti, l'ultimatum doveva restare inscritto in un gioco politico da risolvere a Roma, creando la situazione propizia a una partecipazione dei fascisti nel governo, non doveva certo diventare l'occasione per scatenare un incendio che poi sarebbe stato difficile controllare. Lontano da Roma, c'era chi non aspettava altro.

IL SELVAGGIO FARINACCI

La decisione di attaccare Parma fu presa da Roberto Farinacci, il Ras di Cremona, e anche se altri gerarchi parteciparono entusiasti ai preparativi, fu lui il principale artefice della spedizione. Farinacci era mosso da due motivazioni: punire una volta per tutte Alceste De Ambris e i suoi corridoniani, e sferrare un colpo letale alla delicata trama politica tessuta da Benito Mussolini. De Ambris era la sua spina nel fianco. Il fascismo aveva un assoluto bisogno di identificarsi con i reduci e le associazioni combattentistiche, di sfruttare l'onda lunga dell'interventismo e snaturare l'essenza dell'impresa fiumana contrabbandandola per una propria creatura. Ma gli eventi andavano nella direzione opposta. I sindacalisti rivoluzionari parmigiani di De Ambris avevano da tempo fatto la scelta di schierarsi contro il fascismo senza mezzi termini e spesso con le armi in pugno. Fatto gravissimo, per Farinacci, era l'appoggio dato dal "Comandante", come veniva chiamato all'epoca Gabriele D'Annunzio, ai corridoniani: in pieno scontro tra i due schieramenti, il futuro Vate aveva avuto nientemeno che la sfacciataggine di donare a De Ambris una propria foto con tanto di dedica, firmata "sincero operaio della parola", prontamente esposta nella sede della Camera del Lavoro. Da sola, equivaleva a una sorta di "protezione": D'Annunzio stava con i corridoniani contro gli squadristi, toccare Parma significava attaccare lui personalmente. E

Farinacci odiava D'Annunzio e De Ambris quanto o più dei "rossi" in generale, li considerava ostacoli da spazzare via sul cammino della presa totale del potere. Inoltre, particolare non secondario, Farinacci, l'ex capostazione di Cremona, che in guerra si era visto assegnare alle retrovie per continuare a svolgere mansioni ferroviarie, veniva apertamente accusato dai reduci di essere un imboscato, e quando nel '21 era stato eletto deputato con il sostegno degli agrari del cremonese, gli avevano appioppato il nomignolo di "Onorevole Tettoia", proprio in riferimento alle raccomandazioni di cui avrebbe goduto sotto le armi. Bastava questo ad accecarlo d'odio nei confronti dei corridoniani. Per gli squadristi cremonesi, invece, era "il Selvaggio Farinacci", o anche "il Superfascista", il più abile nell'infiammare gli animi con i suoi comizi dai toni furibondi.

Nato il 16 ottobre 1892 a Isernia, aveva trascorso l'infanzia a Tortona e poi a Cremona, seguendo i trasferimenti del padre, un commissario di pubblica sicurezza. Roberto Farinacci fu tra i primi ad aderire al fascismo. Scaltro ma incapace di tenere a freno la lingua, fazioso fino a esasperare il Capo, impaziente e sempre all'attacco, Farinacci era e resterà il leader indiscusso dell'estremismo squadrista, contrario persino alla sua trasformazione in milizia. Viscerale antisemita, sarà in seguito il principale fautore delle leggi razziali – anche se diversi ebrei lo accuseranno di concedere attestati di *pura razza ariana* dietro lauti compensi – e si distinguerà come il gerarca più vicino al nazismo, sfegatato ammiratore di Himmler e Goebbels, dei quali si considerava amico, malgrado Hitler non lo sopportasse e lo considerasse inaffidabile, oltre che infido nei confronti di Mussolini. Persino quando fu decisa e organizzata la Marcia su Roma, avrebbe fatto "insorgere" Cremona un giorno prima, pericoloso dispetto che giustificò con uno sgrammaticato telegramma: "Cremona e Mantova non può aspettare". Si circondava di adulatori con i quali era sì generoso, ma anche volubile ed era pronto a riversare su chiunque un'aggressività incontrollabile, quasi sempre scatenata dalle ossessioni di complotti e tradimenti, tanto che un giorno Mussolini gli disse chiaro e tondo di piantarla con le manie di persecuzione. Rancoroso e vendicativo, Farinacci impara fin dall'inizio della sua carriera a usare l'arma del ricatto, spesso sottile e a volte sfacciata, e il momento di acuto contrasto con il Duce lo raggiunge quando osa accusare il fratello Arnaldo Mussolini di corruzione e gestione di fondi neri: questa il Capo non gliela avrebbe mai perdonata.

Tornando al 1922, Farinacci il Superfascista considerava un grave errore l'atteggiamento di Mussolini, ne avversava visceralmente il patto di pacificazione e decise che marciare su Parma sarebbe stato il modo migliore per vanificarne i piani laboriosi e metterlo di fronte al fatto compiuto di un'insanabile frattura con D'Annunzio, nei cui confronti il Capo ostentava una reverenziale prudenza. In un sol colpo, si sarebbe dunque liberato di D'Annunzio, avrebbe punito i corridoniani visti come "traditori" del fascismo sorto sulle ceneri dell'interventismo, e incrinato alla base i piani del "maneggione" Mussolini. Che, va detto, era immensamente più *furbo* di Farinacci, per usare un aggettivo che ricorreva sulla bocca di Balbo: di fronte alle sanguinose e arrischiate spacconate dei suoi Ras più carismatici, aveva preso già da qualche tempo l'abitudine di elogiarli ed esaltarli nel caso in cui l'impresa di turno fosse andata a buon fine, salvo scaricarli e dissociarsi in caso contrario, o addirittura condannarne gli eccessi in qualche articolo sferzante, consolidando così l'immagine di unico dirigente del fascismo autorevole e moderato.

Farinacci, a differenza di Balbo, preferiva agire nell'ombra, non si esponeva quando si trattava di creare profondi sussulti all'interno del movimento fascista, e anche a Parma riuscì a organizzare e comandare personalmente la spedizione senza mai comparire nelle successive trattative con le autorità cittadine, e tantomeno si sarebbe mostrato a viso aperto durante i primi assalti armati.

Quando Mussolini si rese conto della situazione, anche in questo caso trovò la maniera di cavalcare la tigre stando pronto a balzare a terra. Ma non poteva permettere che Farinacci ne uscisse troppo malconcio: sarebbe stato un colpo troppo duro da incassare per il mito di invincibilità dello squadrismo. Mussolini capì che a Parma era in gioco la sorte del fascismo intero, non solo del Ras di Cremona e dei suoi accoliti: una sconfitta sul campo avrebbe costituito un esempio per il resto del paese, sarebbe stata la dimostrazione che era ancora possibile fermare la macchina infernale spezzandone gli ingranaggi a suon di fucilate. E decise così di ricorrere a Balbo, il rullo compressore, il condottiero impavido che aveva appena messo a ferro e fuoco il ravennate e mezza Romagna. Però, in cuor suo, Mussolini incrociava le dita e faceva gli scongiuri. Nessuno meglio di lui conosceva quell'accozzaglia di teppisti, arrivisti e voltagabbana che componevano le sue famigerate Squadre d'Azione. Sapeva bene che erano stati capaci di ogni devastazione e violenza, ma solo e sempre quando il rapporto di forza era di almeno dieci contro uno. A Parma era diverso. A Parma c'erano uomini e donne fermamente decisi ad affrontarli, armi in pugno, senza tentennamenti e senza alcuna disponibilità al patteggiamento. A Parma si sarebbe disputato lo scontro decisivo e fatale.

BARRICATE

> A tutta codesta robaccia, a tante spacconate degne dei vili mercenari al soldo dei capitalisti, gli Arditi del Popolo di Parma rispondono col motto di Cambronne e gridano: venite avanti, merdosi!
>
> "L'Ardito del Popolo", 1° ottobre 1922

Alle prime luci del giorno, lunghe file di camion e auto cariche di fascisti in armi sfilano sulla via Emilia e sulle strade che convergono su Parma da ogni punto cardinale. Sono migliaia, passano cantando e inneggiando, con i gagliardetti e le insegne bene in vista. Hanno persino alcune autoblindo artigianali, e diverse mitragliatrici. Uno squadrone a cavallo avanza al trotto, tutti i cavalieri in camicia nera. C'è chi porta in testa il fez, chi ostenta la chioma "scapigliata" che piace tanto a Italo Balbo, oppure accuratamente pettinata all'indietro con litri di brillantina, come preferisce Farinacci, che li guida nell'impresa.

Lungo la strada, un anziano contàdino con la bicicletta al fianco li guarda sfilare.

In quello stesso momento, un carretto trainato da un cavallo lanciato al galoppo attraversa a tutta velocità il ponte di Mezzo. Giunto nell'Oltretorrente, il giovane carrettiere urla ai quattro venti: "I fascisti! I fascisti!".

All'alba del 2 agosto, un mercoledì, arrivarono da mezza Italia: c'è chi dice diecimila, chi quindicimila, qualcuno sostiene che fossero addirittura ventimila. Emiliani, toscani, veneti, marchigiani, lombardi, tutti con i gagliardetti e le insegne dei rispettivi Fasci di combattimento, tutti baldanzosi, allegri, tracotanti. Erano sicuri di sistemare la faccenda nel giro di poche ore. Si credevano dei padreterni, e nessuno di loro aveva messo nel conto la possibilità di prendere una batosta.

MERCOLEDÌ 2 AGOSTO

Gli abitanti dell'Oltretorrente, di Borgo Naviglio e di Borgo Saffi, si riversano in strada. È come una fiammata che incendia la città, un fiume in piena: migliaia di persone di tutte le età sono già lì a divellere il selciato, a trascinare carri e carretti, ad ammassare travi, mattoni, lastre di pietra, legname, mobili, filo spinato preso da recinzioni di orti e cortili o messo a disposizione dalle botteghe dei ferrettieri. Sorgono barricate ovunque, e sono le donne a dimostrarsi più attive: tutte si mobilitano per innalzare le difese della roccaforte antifascista. Gli Arditi del Popolo coordinano le attività in un clima di febbrile entusiasmo, mettendo a frutto le esperienze di guerra: le barricate non sorgono come imponenti agglomerati di materiali alla rinfusa, immagine a cui si era abituati durante le grandi insurrezioni ottocentesche, ma assumono forme più simili a fortificazioni di trincea; non devono superare una certa altezza per non offrire un grosso bersaglio ai tiri d'artiglieria, dietro si scavano fossati in cui i difensori trovano riparo dalle scariche di fucileria e dalle raffiche di mitragliatrice, e per bloccare le fanterie all'assalto si cercano lastroni lisci, difficili da scavalcare d'impeto, legni e ferri acuminati per supplire alla scarsità di filo spinato, che comunque resta il mezzo migliore se disposto su più file, impossibile da superare senza venire nel frattempo colpiti dai difensori.

I parmigiani dei borghi tirano fuori dai nascondigli le

armi, fucili da caccia, soprattutto, e qualche vecchia pistola e rivoltella, poi forconi, roncole, bastoni, zappe, picconi, badili... Ma non mancano moschetti modello '91, residuati di guerra, bombe a mano e casse di dinamite con tanto di micce e detonatori: una vera santabarbara se si pensa che tra l'autunno del 1921 e l'estate del 1922 polizia e carabinieri avevano effettuato perquisizioni in tutte le case dei sospetti di attività sovversive e avevano rastrellato interi borghi, buttando all'aria cantine e solai, frugando in ogni stanza, e sequestrando tutto quello che potevano. La gente dell'Oltretorrente era riuscita a nascondere bene le armi da usare al momento opportuno. Poche, in realtà, e le munizioni vanno distribuite con parsimonia, ma bastano a trasformare il popolo di Parma Vecchia in un esercito di insorti che si appresta a vendere cara la pelle.

Picelli è in strada con gli Arditi in armi: qualche moschetto, fucili da caccia e pistole di ogni genere, diverse bombe a mano tipo SIPE; molti hanno l'elmetto, e qualcuno ostenta sul petto le decorazioni guadagnate sui fronti del '15-18. Con Picelli c'è Antonio Cieri. Su un tavolo d'osteria, portato all'aperto, i due stendono una mappa della città e studiano le linee difensive.

"Abbiamo un punto debole: il Naviglio" dice Picelli. "L'Oltretorrente è più facile da difendere, ci sono i ponti da superare, e la struttura stessa della città vecchia ci è d'aiuto. Ma al Naviglio, sarà dura. Lì non abbiamo il fiume e gli orti ad aiutarci, mi preoccupa soprattutto viale Mentana: qui possono attaccare in forze, hanno molto spazio a disposizione. E poi, è vulnerabile per la vicinanza della stazione ferroviaria e dello scalo merci, senza contare la stazione dei tram a vapore..."

Picelli e Cieri si guardano negli occhi.

"Te la senti?" chiede Picelli.

Cieri non ha un attimo di esitazione.

"Puoi giurarci. Al Naviglio, non si passa."

Picelli gli stringe un braccio, poi si mette a impartire ordini agli Arditi:

"Compagni! Formate squadre di otto o dieci uomini, come abbiamo previsto nelle esercitazioni! Antonio: quante squadre pensi che ti servano, per resistere al primo impatto?".

Cieri ci pensa un istante, scambia uno sguardo con Primo Parisini e con Alberto Puzzarini che gli sono accanto, fucile in spalla e bombe a mano appese al petto, e infine risponde:

"Me ne bastano sei. L'essenziale sarà mantenere i collegamenti. Dobbiamo impedire che ci taglino fuori, tu tieni il grosso delle nostre forze qui, e noi ce la faremo se voi riuscirete a tenervi in contatto".

"Bene. Allora... quattro squadre le mandiamo nel Saffi, e ce ne restano a occhio e croce una ventina per la difesa dell'Oltretorrente. Ora... bisogna organizzare i rifornimenti e la logistica per una resistenza di lunga durata!"

Una ragazza si affaccia alla finestra brandendo un'accetta, ed esclama alla gente sottostante:

"Che vengano pure! Io son pronta!".

Negli androni delle case, gli insorti preparano bombe rudimentali e bottiglie di petrolio munite di stoppaccio. I negozianti mettono a disposizione cibarie e bevande per i difensori delle barricate, le donne dispongono un servizio di approvvigionamento.

Sui campanili, i ragazzi si appostano di vedetta, e così anche sugli abbaini dei tetti. Picelli è con un falegname, che ha intagliato dei rozzi fucili di legno.

"In mancanza d'altro, procurate altri bastoni, passateci sopra il nerofumo, e impugnateli come se fossero fucili veri. Devono credere che tutta Parma trabocca di armi!"

Arriva un gruppo di uomini al seguito di un giovanotto dall'aria bonaria ma risoluta: è il consigliere comunale Ulisse Corazza, del Partito Popolare, che ha un fucile da caccia in spalla e si guarda intorno con aria preoccupata finché, individuato Picelli, fa un cenno ai suoi e quindi gli va incontro tendendo la mano. Picelli, vedendolo, sembra stupito e raggiante al tempo stesso:

"Consigliere Corazza! Che piacere vedervi qui!".

I due si stringono la mano.

"Un conto sono le direttive di partito," dice Corazza, "e un conto è stare a guardare mentre quegli sciacalli invadono la nostra città. Siamo con voi, Picelli!"

I due si abbracciano. I militanti del Partito Popolare si uniscono agli Arditi e agli abitanti insorti, piazzandosi dove viene loro ordinato dai capisquadra.

Nel pomeriggio vengono sparati i primi colpi: alle revolverate di alcuni fascisti che avanzano in ordine sparso, si risponde con sporadiche fucilate che ottengono il risultato di tenerli a debita distanza. Il commissario di pubblica sicurezza Di Seri, che con un gruppo di agenti interviene in viale Mentana, cerca di far arretrare i fascisti appostati dietro gli alberi, ma quando pretende di disarmarne alcuni, viene colpito da una bastonata alla testa. I poliziotti si ritirano, portando via il commissario semistordito.

Mentre i combattenti di Cieri, Parisini e Puzzarini, in Borgo del Naviglio, raccolgono materiali per tirar su barricate, arriva un prete in bicicletta, con la tonaca che svolazza al vento. Scende al volo, getta la bicicletta contro un muro nei pressi della chiesa e si dirige verso Antonio Cieri.

"Oh Cristo..." si lascia sfuggire l'anarchico.

Il sacerdote lo redarguisce:

"Non nominare il nome di Dio invano, figliolo!".

"Invano? Senti, prete: guarda che Gesù Cristo aveva molto più da spartire con la gente come noi che con i tuoi papi e cardinali."

"Ohé, *ross*, ti pare questa la giornata adatta per le disquisizioni teologiche?" sbotta il sacerdote. "Forza, vieni a darmi una mano, muoviti!"

Cieri, spiazzato, lo segue in chiesa. Una volta entrati, il prete si inginocchia e si fa il segno della croce; l'anarchico non mette piede in chiesa da quando era bambino e quindi resta imbambolato, gli occhi incollati a un grande crocefisso che si leva, fra luce e ombra, in una cappella laterale. Il prete afferra una panca da un lato, e gli dice:

"Allora, mi aiuti o no? Che aspetti?".

Cieri lo aiuta a portare fuori la prima panca. Mentre la sistemano sulla barricata in costruzione, Cieri ordina agli altri Arditi:

"Portatele tutte qui, due alla volta, senza intralciarvi e a turno per non lasciare sguarnita la difesa. Dieci uomini restino appostati, e senza perdere di vista il nemico".

In breve, decine di panche si accatastano sulla barricata. Dal portone della chiesa spuntano quattro Arditi bagnati di sudore, che trascinano sbuffando e imprecando il confessionale.

"Eh, no! Quello no!" fa il prete.

"E perché quello no?" gli domanda Cieri.

Il prete alza il dito indice con espressione severa:

"Perché nei prossimi giorni mi servirà là dentro". Getta un'occhiata oltre la barricata, e aggiunge: "Saranno anche fascisti e se lo meritano, ma c'è pur sempre il quinto, non uccidere. E comunque dovrete confessarvi. Tutti!".

"Oh, come no... Puoi contarci senz'altro" fa Cieri, con aria sorniona.

GIOVEDÌ 3 AGOSTO

Verso le otto del mattino, le prime pattuglie di fascisti saggiano le difese del Naviglio. Occupata in forze la stazione dei tram e quella ferroviaria, sparano fucilate contro le vedette degli Arditi; in particolare, fanno il tiro al bersaglio contro qualcuno che ha issato una grande bandiera rossa sul tetto di un caseggiato. In prossimità delle barricate, pochi ma precisi colpi di moschetto li costringono a ripararsi dietro gli alberi dei viali. Antonio Cieri si sposta da una barricata all'altra, raccomandando di risparmiare le munizioni e di stare al riparo. Continuano le sparatorie sporadiche e le scaramucce. Poi i fascisti danno l'assalto al Circolo Ferrovieri: i lavoratori si sono asserragliati all'interno, sbarrando le finestre e murando addirittura le porte. Gli assalitori si accaniscono con spranghe e piedi di porco. I ferrovieri sparano qualche revolverata, costringendoli a desistere.

I fascisti si sfogano con gli strilloni che vendono "Il Piccolo", considerato a loro avverso: li manganellano e bruciano tutte le copie del giornale. Anche qualche edicola va a fuoco, mentre gli squadristi danno la caccia a chiunque abbia in tasca un giornale antifascista – o semplicemente "non filofascista" – e lo bastonano selvaggiamente. Davanti al duomo una dozzina di camicie nere aggredisce il consigliere comunale Vico Ghisolfi, indicato da un camerata locale: lo tempestano di bastonate, si salva grazie all'intervento di una guardia municipale che accorre e spara alcune pistolettate in aria.

Continuano gli scambi di colpi. Gli Arditi prendono di mira la stazione dei tram, ferendo alcuni fascisti, che decidono di sgombrarla e si ritirano alla spicciolata.

Dietro le barricate dell'Oltretorrente ci sono già diversi feriti, che vengono curati alla meglio: i medici presenti fanno tutto il possibile, ma manca un servizio di infermeria efficiente. Da una finestra del convento, una suora guarda la scena: un medico si prodiga a soccorrere i feriti. L'espressione della giovane suora è di profonda angoscia. Alle sue spalle, spunta la superiora. Si fissano per qualche istante: tra loro è come se avvenisse un muto dialogo.

"Abbiamo pregato abbastanza. Ma le fucilate di quei banditi sono più forti di qualsiasi preghiera." La superiora batte le mani, chiama a raccolta le altre sorelle che sembravano aspettare quel segnale: accorrono tutte.

"Prendete bende, tamponi, disinfettante, lenzuola, asciugamani, qualsiasi cosa serva a curare i feriti! Coraggio, sorelle, tutte fuori! E che il Signore ci assista..."

Le suore sciamano in strada, portando tutto quello che hanno trovato per prestare soccorso, in testa la superiora che si rimbocca le maniche.

Nell'attività frenetica dietro le barricate una giovane donna si distingue dalle compagne per il cinturone con la pistola nella fondina e una giberna con le munizioni di traverso sul petto. Adesso sta coordinando la disposizione di bottiglie piene di petrolio e benzina sui davanzali delle finestre circostanti. Picelli la vede a una finestra del primo piano, le fa un sorriso, dice:

"Oh, Maria, tutto bene?".

"Per ora, sì. Voi tenete botta finché potete, ma se quelli superano una barricata... finiranno arrosto!" e mostra una bottiglia con lo stoppaccio.

Picelli fa un cenno scherzosamente preoccupato:

"Maria, mi raccomando: prima di dar fuoco a tutta Parma, sincerati che a noi ci abbiano già accoppato...".

"Non dirle certe cose, Guido" ribatte Maria. "Già l'ho sentita: 'O il Piave o tutti accoppati'... Non mi piaceva neppure allora. Se c'è qualcuno che se ne andrà da qui con gli scarponi al sole, be', saranno quei senzamadre con la camicia nera!"

Picelli la saluta con il pugno chiuso, Maria risponde agitando entrambi i pugni in segno di esortazione a resistere.

Nel pomeriggio i fascisti tentano un assalto più consistente alle barricate del Naviglio. In breve si scatena una furiosa battaglia in viale Mentana, con raffiche di mitragliatrici e lanci di bombe a mano. Cade colpito Giuseppe Mussini, di venticinque anni. Muore poche ore dopo. Feriti anche altri due difensori, ma meno gravemente. I fascisti sono costretti però a battere in ritirata per il fuoco intenso e corrono disordinatamente verso ponte Bottego. Intanto, nell'Oltretorrente ci sono solo sporadiche scaramucce.

Il giovane Ciosè, che tiene i collegamenti tra il Naviglio e l'Oltretorrente, tenta per l'ennesima volta di passare le linee e viene ferito a un piede: prima che i fascisti lo perquisiscano, Ciosè inghiotte il foglio con le comunicazioni tra Picelli e Cieri. È proprio Cieri che va dalla madre a dirle che è stato catturato. La donna stringe i pugni, le braccia tese lungo i fianchi, si volge verso l'altro figlio sedicenne e scende sulle barricate appostandosi accanto a lui a passargli le munizioni per il fucile.

La sera si riaccende la battaglia al Naviglio, ormai individuato dagli attaccanti come obiettivo strategico. Le autoblindo dell'esercito prendono posizione davanti alle barricate: i difensori sperano siano venute a imporre una tregua, ma dalle torrette partono alcune raffiche. Antonio Cieri ordina di non rispondere al fuoco: è di importanza vitale che l'esercito non si schieri con i fascisti. Solo dai tetti piovono alcune tegole sulle autoblindo, che dopo un po' si ritirano.

La notte, i fascisti acquartierati nelle scuole di San Marcellino non possono riposare: Cieri decide che "se non dormiamo noi, non dormiranno neppure loro". Drappelli di Arditi si avvicinano nel buio e sparano contro le sentinelle appostate ai cancelli. L'impresa si ripete più volte; gli squadristi cominciano a innervosirsi, dall'interno tirano a casaccio centinaia di fucilate.

Durante la notte continuano ad arrivare migliaia di camicie nere, soprattutto da Ferrara, Mantova e Cremona. Verso mezzanotte gli scambi di colpi si intensificano: lunghe raffiche di mitragliatrice dalla stazione ferroviaria occupata. I carabinieri e le guardie regie, anziché tentare di contenere gli assalitori, sparano a loro volta qualche fucilata contro le barricate.

All'alba, i fascisti fanno irruzione nella redazione e nella tipografia del "Piccolo" e le mettono a ferro e fuoco. All'esterno, uno squadrone di cavalleggeri assiste alla scena senza intervenire. Anzi, alcuni di loro sghignazzano vedendo bastonare a sangue i tipografi che non sono riusciti a fuggire in tempo.

Intanto, si svolgono febbrili trattative fra la questura e la Camera del Lavoro di Borgo delle Grazie, difesa dai combattenti corridoniani di Alceste De Ambris, che negli ultimi tempi si è spesso allontanato da Parma e al momento si trova in Francia. A guidare la resistenza dei sindacalisti rivoluzionari è Vittorio Picelli, il fratello di Guido, da sempre schierato con De Ambris. Al telefono, il questore dice concitato:

"I fascisti sono arrivati in diverse migliaia, armati come soldati alla guerra! Non possiamo contenerli. Vi do un consiglio: mettetevi in salvo finché potete, e dite a quelli del Naviglio di fuggire, perché saranno massacrati! Ve lo dico nel vostro interesse!".

Dalla Camera del Lavoro la risposta è perentoria:

"Riferiremo, signor questore. Ma se i fascisti oseranno violare i quartieri dei lavoratori, li consideri già morti. Lo dichiariamo con la stessa serenità di quando abbiamo affrontato ben altro nemico nelle trincee del Carso!".

Fuori dalla Camera del Lavoro si schierano i sindacalisti della "Legione Filippo Corridoni" e numerosi lavoratori in armi.

Benito Mussolini riceve confusi rapporti da Parma, trascorre ore al telefono con i gerarchi impegnati nella spedizione cercando di capire perché uno schieramento così agguerrito, numeroso e ben armato non riesca a vincere la resistenza della "teppa" sovversiva parmigiana.

A malincuore, prende la decisione: soltanto Italo Balbo può risolvergli una rogna simile. Mussolini avrebbe fatto volentieri a meno di assegnargli un altro incarico di sicuro successo. Balbo gode già di una fama enorme, e quindi pericolosa: è un trascinatore determinato e carismatico, l'unico capace di tenergli testa. Anche lui, come Farinacci, è sempre pronto a mettergli i bastoni tra le ruote. Mussolini sa che per conquistare il potere deve tessere trame e sciogliere pazientemente nodi ingarbugliati, mentre Balbo è uno abituato a tagliarli con un colpo di spada. Eppure, soltanto il Ras di Ferrara può piegare Parma, nessun altro gerarca, giunti a questo punto, potrebbe farcela. Farinacci è un incapace, da questo punto di vista, tutto impeto a parole ma zero in efficacia. Se lo lascia fare, potrebbe radere al suolo la città piuttosto che accettare compromessi, mentre l'imperativo categorico è evitare un massacro e dimostrare che il fascismo è maturo per governare. Una carneficina riporterebbe tutto indietro. E per come si stanno mettendo le cose, non è affatto detto che siano gli avversari a dover finire massacrati.

Italo Balbo accetta con entusiasmo e non rinuncia alla consueta guasconeria, che tanto indispone Mussolini. Il futuro Duce, però, stavolta abbozza e, al telefono, lo lascia dire.

"Mi raccomando, Balbo: fermezza e disciplina! Niente eccessi e colpi di testa."

"Parola mia, ridurrò quel covo di sovversivi a un gregge di agnellini, dopodiché... a Roma! Dormi tranquillo, Capo: stanotte sarò a Parma e domani avrai già le buone notizie che aspetti."

Mussolini è nervoso, passeggia avanti e indietro nella vasta stanza del suo ufficio personale. Balbo, pensa, è l'unico che si permette ancora di dargli del tu, cosa che nessun altro osa più fare da tempo.

Troppe volte, quello sfrontato giovanotto ferrarese è arrivato a un passo dal prendere le redini della Rivoluzione fascista, e in un caso lo ha addirittura costretto a presentare le dimissioni... Poi, invariabilmente, la molla del subordinato che riconosce l'autorità del vero Capo è puntualmente scattata, arrivando persino a manifestazioni di commosso affetto che hanno imbarazzato Mussolini. Sì, pensa camminando intorno alla scrivania, tormentandosi il labbro con due dita, tra i tanti problemi da affrontare *dopo*, ci sarà anche, o soprattutto, come tenere a bada Italo Balbo, il mitico Ras di Ferrara.

IL RAS DI FERRARA

Italo Balbo era nato il 6 giugno 1896 a Quartesana, nella campagna ferrarese, figlio di un maestro elementare, Camillo, e di Malvina, donna religiosissima che per amore della quiete domestica tollerava l'acceso anticlericalismo del marito, monarchico convinto ma allergico alle tonache, tanto che sarebbe diventato segretario del circolo liberale di Ferrara. Nella città estense la famiglia, ormai numerosa, si era trasferita per dare una migliore istruzione ai figli Fausto, Edmondo, Maria – che in realtà si doveva chiamare Trieste ma il prete, tanto per rinfocolare l'astio di papà Camillo, si era rifiutato di battezzarla con quel nome "senza santo sul calendario né in paradiso" –, Italo, altro nome evocativo, stavolta del frustrato patriottismo paterno dopo la bruciante sconfitta dell'italico colonialismo ad Adua, ed Egle, la più piccola. Mancava all'appello Cesare, il primogenito morto di meningite a cinque anni. Anche Fausto sarebbe stato falciato a soli ventisette anni da un tumore al cervello, lasciando un vuoto incolmabile in Italo che stravedeva per il fratello, il più colto e creativo della nidiata, poeta precoce e promessa del giornalismo, di ideali repubblicani con grande scorno del padre ma anche vanto e orgoglio della famiglia: aveva pubblicato un volume di poesie con l'editore Zanichelli, si era laureato a pieni voti e ottenuto la cattedra a Lugo di Romagna, dove aveva anche assunto la direzione della biblioteca comunale, senza contare le frequenti collaborazioni a quotidiani locali, come "Il Popolano" di Cesena.

Chissà come sarebbe stato il futuro di Italo se questi avesse avuto accanto la forte ascendenza di Fausto, che un anno prima di morire scriveva su un giornale articoli di veemente condanna per la violenza politica nella regione, convinto assertore del dialogo contro ogni forma di sopraffazione. Ma Italo, per quanto continuasse a venerarne la memoria, avrebbe scelto ben presto la strada delle armi e dell'azione, innamorandosi di chimere retoriche come la "bella morte".

Repubblicano più per fedeltà agli ideali del fratello che per cognizione di causa, Italo aderì ai mazziniani, considerati l'ala sinistra e sovversiva in un'Italia monarchica e conservatrice: anche in questo caso, a spingerlo fu la voluttà di stare sempre all'estremo di tutto. E la smania di battersi. Al punto che tentò di arruolarsi volontario con Ricciotti Garibaldi, figlio dell'Eroe dei Due Mondi, in una spedizione in Albania per "liberarla dal giogo dei turchi". Aveva solo quindici anni e scappò di casa per presentarsi all'adunata di Fano, nel 1911. Ma a parte il fatto che venne riacciuffato da un amico del padre, la spedizione non partì mai per il diretto intervento di Giolitti, che preferiva incanalare tali energie ai preparativi della guerra di Libia. Guerra che impose una battuta d'arresto al fervore combattentistico dell'adolescente Italo: i mazziniani la osteggiavano furiosamente e lui si impegnò in modo altrettanto furioso a manifestare contro. E quando un aumento delle tasse scolastiche scatenò proteste studentesche in vari licei italiani, si distinse come uno dei più seguiti proclamatori di scioperi a Ferrara. Dopo uno scontro di piazza con i carabinieri, l'indomabile Italo se ne andò a finire gli studi liceali a San Marino, su ordine perentorio del padre che voleva tenerlo lontano dai "sovversivi" di cui Ferrara, a suo dire, era ormai infestata. E si trovava ancora nello staterello sul monte Titano quando scoppiò la Grande Guerra.

L'interventismo infiammò gli animi di repubblicani e sindacalisti rivoluzionari, trascinando anche molti militanti fuori dalle file dei socialisti, fermi oppositori all'entrata in guerra, e persino alcuni anarchici si convinsero che il conflitto, oltre a sgretolare le tirannie mitteleuropee, sarebbe stato un "fuoco rigeneratore" capace di propagare l'incendio nel resto del continente, e soprattutto in Italia, dove, una volta armati e addestrati al combattimento, i rivoluzionari l'avrebbero fatta finita anche con i Savoia e con la borghesia dei pescecani.

Italo non perse tempo. Tentò più volte, senza successo, di espatriare in Francia per arruolarsi volontario. Dovette accontentarsi di tenere comizi ovunque se ne presentasse l'occasione. E fu così che conobbe Benito Mussolini, interventista di freschissimo conio, dopo i trascorsi da socialista ostile alla guerra. Balbo si iscrisse subito ai neonati Fasci di Azione Rivoluzionaria, distinguendosi negli scontri di piazza con guardie regie e carabinieri, sempre in prima fila quando c'era da passare alle vie di fatto. Riuscì finalmente ad arruolarsi volontario, grazie al raggiungimento dell'età consentita, proprio qualche settimana prima della dichiarazione di guerra dell'Italia agli Imperi Centrali.

La sorte sembrava accanirsi contro la sua smania di battersi. Non solo non lo mandarono al fronte, ma dopo una sorta di giro turistico per varie caserme italiane, l'alto comando lo rispedì a casa, in attesa di eventuale richiamo. Il Regio Esercito seguiva una sua logica del tutto comprensibile: per le gerarchie militari, i volontari erano un'accozzaglia di piantagrane e testecalde, per di più sovversivi in larga maggioranza; meglio dunque aspettare di costituire quei famigerati "battaglioni di disciplina" per usarli come carne da bassa macelleria e toglierseli dai piedi una volta per sempre...

Italo Balbo però, per quanto schedato come esagitato

interventista "mazziniano", proveniva da una rispettabile famiglia e, malgrado le bocciature, aveva pur sempre "studiato". Così, quando la regolare chiamata di leva toccò anche a lui, lo assegnarono al corso allievi ufficiali presso l'accademia di Modena, e una volta cuciti gli agognati gradi sulla divisa, fu arruolato nel battaglione Val Fella degli alpini. Già allora Italo Balbo nutriva una forte attrazione per il volo e gli aerei, Francesco Baracca in quei giorni era il fulgido eroe della patria intera. Non aveva ancora sparato una sola fucilata al fronte, quando il sottotenente Balbo chiese di passare in aviazione. Il comando accettò la richiesta trasferendolo a Torino, e fu la sua salvezza, perché il battaglione Val Fella si ritrovò circondato a Caporetto: gli austriaci lo annientarono e i pochi superstiti finirono nei campi di prigionia. L'aitante sottotenente spaccamontagne rimase ancora una volta lontano dal sangue, dalle viscere sparse nelle trincee, dagli arti maciullati da granate e mitraglia, dal vomito degli agonizzanti.

Insomma, la "bella morte" proprio non lo voleva sfiorare. Senonché, l'urgente bisogno di truppe fresche dopo la disfatta fece sì che Balbo venisse ritrasferito tra gli alpini. E stavolta lo misero al comando di un reparto d'assalto; se proprio voleva dimostrare il fatto suo dopo gli anni spesi a sbraitare contro gli "imbelli disfattisti", ora poteva non solo annusarla, la tanto acclamata "guerra rigeneratrice", ma farne indigestione.

Italo Balbo non si fece pregare. In questa seconda fase della *sua* guerra, si distinse in diverse azioni, ebbe una breve parentesi nelle retrovie – forse un meritato riposo del guerriero – e infine partecipò all'offensiva del Grappa, con un bilancio di ben tre medaglie al valore, due d'argento e una di bronzo.

Particolare curioso: i giudizi dei superiori riportati sul libretto militare sembrano affetti da schizofrenia. Alcuni lo definiscono "disciplinato e zelante", altri "impulsivo, irriflessivo e troppo loquace", uno lo descrive "di scarsa indole alla vita militare, non è dotato di carattere fermo" e un altro "ufficiale colto e intelligente, dimostra sufficiente cultura militare", oppure "pervaso da entusiasmo patriottico, è capace di esercitare un grande fascino sui subordinati".

Ecco, quest'ultima annotazione risulta, negli anni a venire, incontrovertibile. Balbo, nell'azione, era un trascinatore nato, un capo istintivo. Cosa che Benito Mussolini, una volta preso il potere, sapeva sin troppo bene e temeva.

Il 23 marzo 1919 Benito Mussolini fondò il primo Fascio di Combattimento a Milano, e in settembre Gabriele D'Annunzio occupò Fiume alla testa dei suoi "legionari" come forma di estrema protesta per la mancata annessione della città croata all'Italia, in forza del veto del presidente statunitense Wilson alla Conferenza di pace di Parigi. La memoria storica dell'impresa fiumana verrà poi assorbita e stravolta dal fascismo e nessuno, per molti decenni, ricorderà, per esempio, che tanti legionari allora affermavano di voler realizzare il "Soviet di Fiume", e che tra loro abbondavano più i "sovversivi" che i nazionalisti. Per quanto contraddittoria e nebulosa, la politica dannunziana nel gennaio del 1920 portò alla guida del cosiddetto Comando fiumano il sindacalista rivoluzionario Alceste De Ambris, compagno di fede di quel Filippo Corridoni che proprio a Parma contava tanti seguaci decisi a opporsi al fascismo con le armi. Comunque, nel marasma, il neonato fascismo abbracciò in pieno la rivendicazione di Fiume alla "Patria vittoriosa" e "rigenerata" dalla guerra appena conclusa. Tra quanti appoggiavano l'ennesimo *armiamoci e partite* c'era ovviamente Italo Balbo, stavolta non più mazziniano né disposto, come aveva fatto prima della guerra, a scrivere persino su un giornale socialista, ma acceso da un furioso nazionalismo di cui lo stesso D'Annunzio avrebbe poi diffidato. Dopo le esaltanti esperienze in trincea, Balbo era animato da un feroce odio per i socialisti. Avrebbero dovuto pagare cara l'opposizione all'interventismo. Malgrado gli infuocati proclami "fiumani", si guardò bene, tuttavia, dal lasciare l'esercito per arruolarsi con i legionari, come fecero tanti suoi pari: forse fu la prima volta in cui si manifestò in lui l'altra dote fondamentale del condottiero, che oltre al carisma, deve dimostrare di saper valutare quando è il caso di starsene fermo a ponderare la situazione. Inoltre, era sicuramente contrariato dalle manifestazioni confusamente pro sovietiche di buona parte dei fiumani.

Così, a pochi mesi dal congedo e deciso a laurearsi, fece i migliori auguri ai legionari e se ne restò a casa.

Tornò a "Ferrara la Rossa". C'era molto lavoro da fare per lui che aveva cominciato a definire il bolscevismo "una cancrena", nella città dove i socialisti nel 1919 prendevano addirittura il settantacinque per cento dei voti: una Ferrara pronta a scatenare la rivoluzione, stando ai seggi elettorali, anche se il Partito Socialista cominciava a pompare acqua sul fuoco. E Italo Balbo, del resto, continuava a parlare anche lui di "rivoluzione", ma aggiungeva da qualche tempo l'aggettivo "fascista". E nel giro di poco tempo avrebbe realizzato un capolavoro di ribaltamento politico, trasformando Ferrara nell'epicentro del terremoto mussoliniano.

Terrorizzati dall'avanzata dei sovversivi, gli agrari, vale a dire i grandi proprietari terrieri, non aspettavano altro che di aggrapparsi a una fune di salvezza e di partire alla riscossa. E Italo Balbo intuì che era proprio ciò che il fascismo ferrarese poteva offrire loro. Portando all'esasperazione la carica antisocialista, che tanto gli stava a cuore, si sbarazzò con disinvoltura del programma diciannovista, tutto in favore dei "poveri contadini", e creò lo "squadrismo" come ibrida coesione tra violenza brutale contro gli avversari e garanzia di ordine sociale per il padronato: "Ogni qualvolta la libertà dei cittadini verrà minacciata dagli scioperi" le squadre di Balbo saranno pronte a intervenire. E per "cittadini", si intendeva soprattutto latifondisti e allevatori, nella Ferrara del 1920 scossa dalle rivendicazioni dei braccianti, spesso finite nel sangue per l'intervento brutale della polizia sabauda, a cui ogni tanto seguivano vendette isolate.

Gli agrari misero a disposizione appoggi e finanziamenti, Balbo le sue doti carismatiche: dagli sparuti cinquanta iscritti al Fascio dei primi mesi, si passò ai mille del dicembre 1920 che divennero ben settemila nel marzo del 1921. Cifre che continuavano a relegare il fascismo nell'ambito di una ridotta minoranza, ma una minoranza che poteva contare su armi e mezzi, compresi gli autocarri per i veloci spostamenti, sul totale consenso dei proprietari terrieri, nonché sulla spudorata connivenza dei rappresentanti delle istituzioni, in particolare della prefettura. E se nel frattempo i fascisti della prima ora, i *puri* che ancora si illudevano di portare avanti ideali antiborghesi e vicini alle istanze degli oppressi, cioè braccianti e contadini senza terra, cominciavano a recalcitrare e ad accusarlo di "tradimento", Balbo neppure badava loro, e lasciava che il susseguirsi degli eventi li costringesse a dimettersi o a perdersi per strada; come accadde con Olao Gaggioli, che dopo essere stato il primo segretario del Fascio di Ferrara, arrivò a definire apertamente l'operato di Balbo una vergognosa mutazione del fascismo in "guardia del corpo del pescecanismo". Gaggioli si allontanò dal fascismo e sarebbe tornato ad aderirvi esattamente all'indomani della morte di Balbo, nel 1940.

Il "battesimo del fuoco" degli squadristi ferraresi avvenne il 20 dicembre 1920, quando tentarono di impedire un comizio socialista in città, ricorrendo all'aiuto di circa duecento camerati venuti da Bologna e dai centri rurali della zona. Aggredirono a freddo i manifestanti radunati in piazza, menando bastonate all'impazzata, ma mentre infuriava la mischia con quanti cercavano di reagire, dal castello estense partirono alcune fucilate. Nella confusione generale, rimasero uccisi tre fascisti e un socialista, oltre a un passante estraneo ai tumulti. La dinamica dei fatti non venne mai chiarita e, tra le reciproche accuse, non si seppe mai se furono alcuni militanti socialisti smaniosi di dare una lezione agli aggressori, o preoccupati di scongiurare un assalto al municipio sino al punto di perdere la testa e sparare alla cieca, o se invece erano stati i fascisti ad aprire il fuoco per primi. Comunque, resta il fatto che a Ferrara nulla sarebbe più stato come prima. Fu l'apoteosi di Balbo. Aveva finalmente tre "martiri" da sbandierare, tre vittime sacrificali su cui far leva per scatenare lo sdegno di quanti lo sovvenzionavano ma esitavano a venire allo scoperto. Trasformò i funerali in una manifestazione di massa, avviò una sottoscrizione per le famiglie, e ottenne soprattutto la rimozione del prefetto De Carlo che fu sostituito da Samuele Pugliese, fervente ammiratore dei metodi squadristi: l'ordine sociale era minacciato da scioperi, occupazioni e rivendicazioni salariali, dunque bisognava intervenire.

L'irresistibile ascesa di Balbo coincise con l'acuirsi dei contrasti con Mussolini. Il Capo puntava tutto sugli industriali e diffidava degli agrari, dei quali Balbo stava diventando il campione sul campo. Inoltre, Ferrara ignorava le direttive di Milano sull'obbligo di far confluire le sovvenzioni al comitato centrale e si teneva i cospicui fondi versati dai possidenti della zona, che consideravano gli squadristi ferraresi come la loro "guardia bianca". Con tali mezzi a disposizione e potendo contare sulla complice cecità della prefettura, Balbo avviò la militarizzazione delle squadre, suddividendole in plotoni e compagnie, con tanto di reparti motociclisti per i collegamenti. Puntava a ottenere quell'"esercito disciplinato con cui conquistare la vittoria decisiva", come scrisse allora, e con una simile forza alle spalle entrò in rotta di collisione con il Capo, che nel frattempo, tra il giugno e il luglio del 1921, optava per il tatticismo offrendo un "patto di pacificazione" ai socialisti. Balbo si oppose con tale veemenza da arrivare a scrivere sul giornalino "Il Balilla" da lui diretto frasi che, rivolgendosi a Mussolini, ne definivano l'operato come "fantasia infantile, sentimentalismo da femminetta, ideologia democraticoide, calcolo da maneggioni della politica".

E si scatenò la bufera.

Il futuro Duce rispose per le rime, accusando gli "emiliani" – ma si riferiva principalmente ai ferraresi di Balbo – di difendere "gli interessi privati delle caste più sorde e miserabili che esistano in Italia" e minacciando di abbandonare il Fascio se non avessero chinato la testa. Anzi, con una mossa di calcolata strategia, li mise con le spalle al muro dando le dimissioni dall'esecutivo quando, il 16 agosto, i soliti emiliani gli bocciarono il vituperato "patto". Ovviamente le dimissioni vennero respinte, e ottennero il risultato sperato: un telegramma accorato di Italo Balbo che lo pregava, in nome della "nostra superba fede", di non considerare la sua opposizione come un fatto personale, perché il patto di pacificazione era a suo avviso dannoso ma dettato dal "tuo accecante amore per la ricostruzione politica nazionale". Intanto, a Ferrara circolava "Il Balilla" che definiva Mussolini, proprio in quei giorni, appannato da "superficialismo grottescamente infantile". Uno schizofrenico rapporto di amore e odio legava l'emiliano al romagnolo: mentre quest'ultimo avrebbe sempre mantenuto un atteggiamento freddo e guardingo, il Ras di Ferrara sembrava capace di disprezzare a distanza il Capo ma cedeva al suo fascino ogni volta che lo aveva davanti. Andava da lui pieno di livore e deciso a "dirgliene quattro", e usciva dall'ufficio milanese in stato di estasi, totalmente soggiogato. Poi, bastavano pochi mesi di lontananza, e tornava a considerarlo un politicante furbo e infido, in attesa di essere nuovamente ammansito dalla "carezza del padrone".

L'*intellettuale* del regime Bottai scrisse a proposito di quel singolare rapporto:

"Lo amava di un amore furioso e stizzito, feroce e sprezzante... Avrebbe fatto carte false per accaparrarselo, per sentirlo suo. Ma in fondo lo disistimava... Gli concedeva la furberia: una furberia di seconda mano, capace di ricorrere a ogni mezzo, anche il meno nobile e indegno. Eppure ci cascava, lui, proprio lui, più di ogni altro: gli bastava una moina del Capo per andare in visibilio e mettersi in marcia per la più rischiosa impresa".

Forse il suo atteggiamento nei confronti di Mussolini rispecchiava l'incongruenza registrata ai tempi della vita militare, quando i rapporti altalenavano tra indisciplina e fervore patriottico, tra impulsività irrefrenabile e obbedienza appagante. Italo Balbo amava più d'ogni altra cosa al mondo mettersi in evidenza, primeggiare, brillare, come avrebbe dimostrato con le memorabili imprese delle trasvolate atlantiche, quando riuscì a offuscare la figura del Duce a livello internazionale. E ci sarebbe stato un altro scontro feroce, almeno quanto quello sul patto con i socialisti: quello sulle leggi razziali, quando Balbo si espose con parole di fuoco – a Ferrara molti dei suoi sostenitori e amici, del resto, erano ebrei – attaccando Mussolini apertamente. Ma restò anche allora in attesa di una "moina" per "ricascarci" e riavvampare d'amore per il Capo, a cui continuò a dare del tu, unico gerarca esonerato di fatto dall'uso obbligatorio del *voi*.

Balbo si dimostrò molto ingenuo: il patto era una mossa formale, puro fumo negli occhi a uso e consumo dell'opinione pubblica esacerbata dalla violenza dilagante, impegno destinato a dimostrare che il fascismo voleva garantire "l'ordine e la legalità" perché ormai si riteneva maturo per il potere. Quel patto non verrà mai rispettato dagli squadristi, e si rivelò una trappola nella quale i socialisti caddero con una miopia fatale, illusi che lo stato lo avrebbe fatto valere avviando il disarmo delle squadre paramilitari, quando in realtà, invece, scatenava la persecuzione di qualsiasi oppositore armato.

Comunque, i "paramilitari" ferraresi non rimasero con le mani in mano né prima né dopo il famigerato "patto di pacificazione". Nel solo 1921 assassinarono diciassette persone in città e paesi limitrofi, devastarono e incendiarono una quarantina di sedi di partiti, associazioni di lavoratori e cooperative. E stravedevano per il loro Ras. Ci fu uno squadrista che scrisse una vera e propria dichiarazione d'amore per Balbo il Condottiero:

"Un viso sul quale è stampato d'abitudine un aristocratico e ironico sorriso. Eppure basta un leggero spostamento delle linee frontali, su cui si inturgidano piccole vene possenti, perché l'arco del ciglio assuma un formidabile tono d'imperio. Il gesto, il passo, il movimento elastico, danno allora alla figura slanciata un che di ferino e tigresco... Egli può essere la più gentile e insieme la più crudele fiera del mondo...".

La *fiera*, tra le tante spedizioni, capeggiò anche quella su Berra, la cittadina dove i socialisti mantenevano viva la memoria di tre scioperanti uccisi nel 1907. Gli squadristi ferraresi avevano una lista: andarono casa per casa e bastonarono, incendiarono, spararono fucilate. Il saldo dell'eroica impresa si sarebbe *limitato* a un certo numero di feriti, ma quando la moglie di un aggredito tentò di reagire, impugnando un forcone e urlando in faccia ai vandali tutto il suo disprezzo, i baldi giovanotti del Ras la crivellarono di pallottole. Pochi giorni dopo, ammazzarono un'altra donna, colpevole di opporsi alle loro scorrerie; lo squadrista assassino – rampollo di una famiglia di ricchi agrari – venne arrestato, ma il prefetto lo fece liberare per "evitare conflitti con i fascisti".

Da lì in avanti ci avrebbero preso gusto, e così fu definitivamente infranto il mito del fascismo che "non torceva un capello al gentil sesso".

Pare che Balbo ne fosse profondamente contrariato. Ma aveva ormai messo in moto una macchina infernale dove non era più possibile separare i "puri e duri" dai volgari teppisti, criminali di strada, stupratori e sadici. Tenterà sempre di purgare le proprie schiere da certa schiuma, ma in fin dei conti continuerà a usarla limitandosi a qualche severo rimbrotto. Si considerava un gentiluomo, un "alpino senza macchia", però si circondò di belve che non indulgevano mai agli "aristocratici e ironici sorrisi" del loro Ras. I suoi accoliti non aspiravano ad avere "un formidabile tono d'imperio", forse pretendevano di imitare il portamento "ferino e tigresco" del venerato Italo, ma una volta entrati in azione sgozzavano, sparavano in faccia a bruciapelo, massacravano persone inermi come solo gli *uomini* sanno fare.

Nel luglio del 1922 Balbo organizzò e guidò la spedizione punitiva che avrebbe scatenato l'ultima, sanguinosa stagione di lotta contro le violenze dei fascisti prima che prendessero il potere assoluto. Il bersaglio principale fu Ravenna, città "sovversiva" per eccellenza. L'uccisione di sei manifestanti in scontri con le forze dell'ordine aveva portato migliaia di persone a scendere in strada liberando simbolicamente buona parte della città dal controllo repressivo di carabinieri e guardie regie.

A Ravenna c'era un astro nascente dello squadrismo armato, quell'Ettore Muti che sarà volontario in Etiopia e in Spagna, console generale della Milizia e poi segretario del Partito Nazionale Fascista dal '39 al '40, infine ammazzato dai carabinieri badogliani dopo l'8 settembre del '43 perché tentò di evitare l'arresto reagendo violentemente, proprio lui, che dai carabinieri del ravennate aveva ricevuto complicità e taciti consensi. All'epoca Ettore Muti era il ventenne organizzatore delle Squadre d'Azione di Ravenna, e chiedeva disperatamente aiuto ai camerati ferraresi in una situazione dove il suo esiguo gruppuscolo di picchiatori si ritrovava assediato dagli oppositori determinati a farla finita con i soprusi e le continue smentite dei "patti di pacificazione".

Balbo accorse e scatenò l'inferno.

Non va sottovalutato lo spirito di rivalsa che spinse gli

"emiliani" a dare una lezione ai "romagnoli". La Romagna vantava una lunga tradizione di ribellismo a ogni genere di ordine costituito, ma è probabile che Balbo si lasciasse trascinare anche dall'atavica rivalità tra emiliani e romagnoli quando per esempio cedeva ai rigurgiti di livore nei confronti del suo Capo di Predappio. Comunque, l'appello di Muti fu per Balbo un invito a nozze. Anzi, a una serie di funerali.

Il 26 luglio più di tremila squadristi, in maggioranza ferraresi, convergevano su Ravenna, entusiasti di dimostrare a Ettore Muti come si risolvevano le cose dalle loro parti.

Le associazioni dei lavoratori dichiararono lo sciopero generale chiamando alla mobilitazione. I fascisti attaccarono e occuparono la Casa del Popolo, poi incendiarono l'edificio delle Cooperative socialiste, vanto di Nullo Baldini, che aveva dedicato gli ultimi vent'anni all'organizzazione del cooperativismo romagnolo. Stando alle cronache dell'epoca, Balbo avrebbe consentito a Baldini di uscire dalla sede della confederazione prima che fosse completamente avvolta dalle fiamme, per godersi quella scena, che così descrisse sul suo diario:

"L'incendio del grande edificio proiettava sinistri bagliori nella notte. Tutta la città ne era illuminata. Dobbiamo dare agli avversari il senso del terrore... Quando ho visto l'organizzatore socialista uscire con le mani nei capelli e i segni della disperazione sul viso, ho compreso tutta la sua tragedia. Andavano in cenere il sogno e le fatiche di una vita intera".

Balbo riconobbe, in quell'occasione, che l'organizzazione delle cooperative ravennati era "retta con criteri onesti", ma "purtroppo la lotta civile non ha mezzi termini". Quando scriveva, il "combattente cavalleresco" aveva il sopravvento, e sapeva riconoscere ai nemici il coraggio, la dignità, persino la capacità di tenere testa alle sue orde.

Purtroppo, malgrado fosse uno sporco lavoro, qualcuno doveva pur farlo. E toccava a lui svolgerlo nel modo più "ferino e tigresco".

Mussolini tentò di fermarlo. Stava tessendo abilmente la trama per ottenere la partecipazione dei fascisti nel nuovo governo presieduto da Luigi Facta, liberale giolittiano le cui incertezze e i tentennamenti avrebbero favorito la rapida scalata al potere, e gli sfracelli della "colonna di fuoco" in terra di Romagna rischiavano di mandare all'aria i suoi piani. Incaricò il gerarca Michele Bianchi, futuro Quadrumviro della Marcia su Roma, di mandargli un telegramma con l'altolà e l'ordine di attendere l'arrivo a Ravenna del *politico* Dino Grandi, personaggio già allora riflessivo e poco incline ai colpi di testa. Grandi conosceva e ammirava Balbo fin da ragazzo, quando scriveva: "Lui irrequieto, estroverso, carico di simpatia umana, mentre io sono solitario, studioso, introverso, primo della classe". Infatti Mussolini sperava che l'amicizia tra i due permettesse a Grandi di imporsi e far prevalere la ragione sulla smania di rappresaglie. Tutto inutile. Balbo l'irrequieto ed estroverso mandò al diavolo Bianchi, Grandi e Mussolini in un colpo solo, e rispose con la strafottenza abituale: "Qui comandiamo noi! A Roma potete fare quello che vi pare. Ci interesseremo di Roma quando potremo piombare su quel nido di gufi per fare piazza pulita!".

E seminò il terrore in mezza Romagna, non pago di aver umiliato la parte più sana e laboriosa di Ravenna, quasi che l'invito alla prudenza gli suonasse come una provocazione a cui rispondere con secchiate di benzina sul fuoco: anche in questo caso, resta da chiedersi quanto influisse lo spirito di rivalsa dell'innamorato rabbioso nei confronti di Benito.

Partirono da Ravenna all'alba del 29 luglio, con Italo Balbo alla testa dell'orda vandalica. Passarono per vari centri della provincia, poi in quella di Forlì, e quindi a Rimini, Sant'Arcangelo, Savignano, Cesena, Bertinoro, ovunque saccheggiarono, pestarono a sangue, incendiarono sedi di sindacati, partiti, organizzazioni dei lavoratori, sfondarono porte di case private e trascinarono fuori i *rossi* o presunti tali, botte e fucilate, urla e pianti disperati di mogli e figli, e con le tenebre, alle loro spalle la notte fu rischiarata dai "sogni e fatiche di una vita intera" che andavano in fumo.

Lo sdegno si propagò nel resto del paese, e venne proclamato lo sciopero nazionale. A quel punto Mussolini risfoderò gli artigli e mise da parte la maschera del pacificatore, dando l'ultimatum di quarantott'ore agli scioperanti: o tornavano al lavoro, o avrebbe scatenato le squadre alla maniera del Ras di Ferrara. Che nel frattempo pensava proprio a Parma, l'ultimo baluardo, l'ultimo conto da saldare nella *sua* Emilia.

“SE PICELLI DOVESSE VINCERE...”

Giunto a Parma nella notte tra il 3 e il 4 agosto, Balbo occupa l’albergo Croce Bianca e ne fa il proprio quartier generale. Nella stanza adibita a ufficio e centro operativo, il Ras annota sul diario:

“Per la prima volta, il Fascismo si trova ad affrontare un nemico agguerrito e organizzato, armato e ben equipaggiato, nonché deciso a resistere a oltranza”.

In lontananza, echi di detonazioni, qualche raffica isolata. Riprende a scrivere:

“I fascisti locali sono pochi. La città è rimasta pressoché impermeabile al Fascismo. Lo sciopero generale non abbiamo potuto impedirlo per la debolezza delle nostre forze...”.

Altri spari, stavolta più vicini; un’esplosione attutita dalla distanza, ma con un’eco più lunga: una bomba a mano, probabilmente. Balbo scuote la testa, sospira. Si sforza di riprendere il filo dei pensieri da affidare al diario.

“L’Oltretorrente completamente in mano ai rossi. La popolazione è asserragliata nelle case trasformate in fortezze, con abbondanza d’armi e di tiratori scelti sui tetti: le strade bloccate da barricate col materiale delle scuole e delle chiese. Partecipano alla resistenza sovversiva addirittura dei preti in sottana...”

Poi aggiunge sul diario, con scrittura nervosa e affrettata:

"Debbo riconoscere che i nostri avversari danno prova di valore e di ardimento. Picelli è presso le trincee ad animare i combattenti. Se Picelli dovesse vincere, i sovversivi di tutta Italia rialzerebbero la testa. Sarebbe dimostrato che armando e organizzando le squadre rosse si può neutralizzare ogni offensiva fascista".

Bussano alla porta. Entra l'aiutante di campo, gli porge un foglio e dice:

"L'elenco dei camerati caduti e dei feriti. Dovremmo provvedere ad avvisare le famiglie".

Balbo scorre la lista, mordendosi le labbra. Sbotta:

"Perdio, non abbiamo mai avuto tante perdite in una volta sola! E il morale, com'è?".

L'aiutante sembra perplesso, ondeggia leggermente il capo, segno che anche il morale degli squadristi sta accusando i primi cedimenti. Balbo scatta in piedi, batte un pugno sulla scrivania ed esclama:

"Facile fare gli spaccamontagne finché non si ha davanti un nemico forte e risoluto! Bene! A Parma abbiamo trovato pane per i nostri denti! E se qualcuno indietreggia, lo prendo io a calci nel culo! A scudisciate, li faccio andare verso quelle stramaledette barricate! Glielo sollevo io, il morale!".

MARIA E LE ALTRE

Nell'oscurità della notte, alcune figure scivolano chine e silenziose lungo il muro di cinta di una grande caserma militare. Sono tre donne. La prima è Maria, la giovane amica di Picelli. Arrivate davanti a una porticina laterale, si fermano e aspettano. Maria si porta le mani alla bocca, chiuse a coppa: emette una sorta di sibilo, simile al verso di un uccello notturno. Dopo qualche istante, si ode in lontananza un suono analogo. Poi la porticina sul retro della caserma si apre. Spuntano due soldati, uno molto giovane e l'altro con qualche anno di più e i gradi da caporale. Quest'ultimo si guarda in giro, apprensivo. Consegna loro diversi pacchetti di munizioni. Il soldato più giovane ha tre moschetti in spalla: le donne ne prendono uno a testa e se li mettono a tracolla. Il caporale dice sottovoce:

"Mi raccomando, che non vi sfugga una sola parola: se ci beccano, siamo fottuti!".

"Sta' tranquillo, siamo mute, sorde e cieche" lo rassicura Maria.

Quando le tre donne fanno cenni di saluto e si apprestano a riscomparire nel buio, il caporale afferra Maria per un braccio:

"Oh, bella barricadiera: neanche un bacio della buonanotte?".

Maria rimane indecisa per un istante; poi, di scatto,

passa il braccio attorno al collo del caporale e gli dà un bacio schioccante sulle labbra.

Le tre donne si voltano e si incamminano, accompagnate dal solo fruscio delle gonne lunghe. Il giovane soldato, un po' corrucciato, dice:

"E a me... niente?".

Il caporale gli dà una manata sul berretto, tirandogli la visiera sugli occhi:

"Ma va là, poppante, queste son cose da grandi!".

I due scompaiono dietro la porticina.

Maria e le sue compagne raggiungono le barricate dell'Oltretorrente attraversando nel buio orti e campi incolti, e vanno subito a consegnare fucili e munizioni agli Arditi. Picelli sta discutendo con alcuni capisquadra:

"Hanno preso Ciosè. Sembra sia rimasto ferito, e speriamo non abbiano capito qual era il suo compito; comunque, adesso il problema da risolvere urgentemente è come mantenere i collegamenti con il Naviglio. Cieri e i suoi si stanno battendo con un coraggio da leoni, ma se perdiamo i contatti e là dovessero cedere in qualche punto, non potremmo aiutarli se non lo sappiamo per tempo. Voi chi mi consigliate di mandarci, considerando che non può essere nessuno conosciuto in città come antifascista, e tanto meno un Ardito, perché se dovessero catturare anche lui...".

Maria, che seguiva il discorso, lo interrompe facendosi avanti:

"Io. Ci vado io".

Tutti gli uomini la guardano, poi si scambiano sguardi interrogativi, perplessi.

"Be', che avete da guardare? Sarà più facile che passi una donna, che uno di voi."

"Maria," tenta di dissuaderla Picelli, "quelli non rispettano nessuno. Se dovessero prenderti... proprio perché sei una donna, ecco..."

Maria fa un cenno sbrigativo:

"Piantala, Guido: tutti stiamo rischiando la pelle, uomini e donne. C'è bisogno di qualcuno che tenga i collegamenti, e io so dove passare senza farmi prendere. E se proprio la scalogna dovesse fregarmi, non si divertiranno granché, perché l'ultima pallottola la tengo per me. Punto e basta. Avanti, cosa devo andargli a dire?".

Gli uomini manifestano imbarazzo ma anche ammirazione, c'è chi si gratta la testa sotto il berretto, chi distoglie lo sguardo fingendo di interessarsi alle zanzare che ronzano a squadriglie nell'aria calda d'agosto, e dopo qualche istante di indecisione Picelli afferra due pacchetti di munizioni e glieli consegna.

"Innanzitutto dà queste a Cieri. E torna subito qui a dirci com'è la situazione."

Maria si infila i pacchetti di pallottole in due tasche interne della gonna, slaccia la cintura con la fondina e nasconde la pistola nell'inguine, si sfila anche la giberna e quindi si avvia a passo svelto. Picelli la guarda, poi, d'istinto, la chiama:

"Maria!".

Lei si volta, si ferma per un attimo. Picelli vorrebbe dirle di stare attenta, lo si vede dai suoi occhi che, forse per la prima volta in quei giorni, esprimono apprensione e incertezza... Ma non riesce a pronunciare una parola, e Maria gli sorride e riparte, scomparendo nel buio da cui era emersa poco prima.

GLI ULTIMI SERVITORI ONESTI

L'*anomalia* di Parma era rappresentata anche da alcuni "servitori" dello stato di formazione liberale poco propensi a chiudere entrambi gli occhi davanti alle violenze fasciste, come stava accadendo nel resto del paese. Nell'agosto del 1922 a reggere la prefettura di Parma c'era Federico Fusco, considerato un ottimo funzionario, colto, diligente, disponibile al dialogo, intransigente quando si trattava di rispettare gli interessi dell'amministrazione. Fusco era fermamente convinto che gli apparati dello stato dovessero fungere da mediatori neutrali nei conflitti tra la classe padronale e quella lavoratrice, e non schierarsi immancabilmente dalla parte di industriali e agrari, evitando quindi di richiedere l'intervento delle truppe ma tentando con ogni mezzo di instaurare trattative. Fusco, idealmente, riteneva che fosse compito delle istituzioni rimuovere le cause del malessere sociale che sfociava in conflitto, anziché reprimere e salvaguardare esclusivamente gli interessi dei privilegiati. L'ordine pubblico andava preservato con politiche sociali di prevenzione e non con brutali azioni di polizia.

Insediatosi a Parma il 5 aprile, Fusco dovette affrontare subito una delicata situazione quando i fascisti pretesero di organizzare i festeggiamenti per il cosiddetto "Natale di Roma", il 21 aprile. Il prefetto di fresca nomina decise di concedere il permesso, e a Parma arrivò come ospite d'onore Roberto Farinacci. E qualche giorno più tardi, acconsentì senza indugio a concedere il permesso all'Alleanza del Lavoro di manifestare in occasione del 1° maggio. Da parte dei fascisti si levarono accuse di "connivenza con i rossi": Fusco aveva fatto schierare ingenti forze agli ingressi della città per impedire che squadre provenienti da altre zone attaccassero il corteo dei lavoratori. In parlamento alcuni deputati fascisti si scagliarono contro il prefetto e presentarono interrogazioni al ministro dell'Interno in cui asserivano che a Parma la situazione dell'ordine pubblico era gravissima, la "teppa socialcomunista" occupava impunemente interi quartieri e l'autorità dello stato stava a guardare imbelle.

Fusco non si lasciò intimidire e continuò sulla via della mediazione. Poi, il 19 luglio, cadde il governo Facta per il voto di sfiducia dopo l'invasione di Cremona da parte degli squadristi convocati da Farinacci: devastate la Camera del Lavoro, la sede del locale giornale socialista, varie cooperative, e persino le abitazioni di due deputati, alla fine i fascisti avevano occupato la prefettura. Da Roma era stata ordinata la rimozione del questore e del commissario prefettizio per la sfacciata complicità con i fascisti, ma il marasma che ne era seguito aveva prodotto il voto di sfiducia a Facta, incapace di reggere le redini della situazione. Poi, con lo sciopero generale proclamato in seguito alla spedizione nel ravennate di Balbo, il prefetto Fusco si preparò ad affrontare la tempesta emanando un'ordinanza di divieto per assembramenti, cortei, circolazione di automobili e autocarri. Di lì a poco, la calata di diecimila squadristi avrebbe reso risibile il testo di quei manifesti affissi in città. Fusco cominciò a mandare accorati telegrammi a Roma, facendo presente che i pochi mezzi a sua disposizione non potevano evitare che la situazione degenerasse, e chiese espressamente all'autorità di intervenire presso la direzione centrale del Fascio affinché facesse "cessare questo stato di cose che minaccia di produrre conseguenze sempre più luttuose".

In quanto all'esercito, il comando delle truppe nella

piazza di Parma era affidato al generale Lodomez, personaggio ambiguo che all'inizio rimase a guardare di che cosa fossero capaci i fascisti, mantenendo i soldati il più possibile estranei al conflitto. Il generale sapeva che all'interno dell'esercito c'erano forti contrasti, che lui non voleva certo acuire, e a Parma l'antifascismo era troppo radicato e organizzato per rischiare lo scontro con la popolazione: quanti soldati avrebbero obbedito all'eventuale ordine di aprire il fuoco sulla gente dell'Oltretorrente?

Poi, con l'evolvere della situazione, constatato che a invadere Parma era stata una marmaglia di teppisti che svaligiavano negozi, pestavano cittadini inermi e sul campo di battaglia si squagliavano come neve al sole, Lodomez ebbe un moto di orgoglio residuo e manifestò tutto il suo disprezzo di ufficiale sabaudo rilasciando una dichiarazione a denti stretti al redattore del "Piccolo", Aroldo Lavagetto: "Quelli come soldati valgono un...".

Tutto lascia supporre che il termine usato dal generale Lodomez fosse "cazzo", ma l'epoca imponeva al redattore di sostituirlo con "parola militaresca irripetibile".

VENERDÌ 4 AGOSTO

Alle 9 e 45 Italo Balbo entra in prefettura con i suoi gerarchi, tra i quali c'è il console Arrivabene, comandante della Legione di Mantova, e il segretario politico della federazione mantovana Ivanoe Fossati. Da qui in avanti si perdono le tracce di Roberto Farinacci: ottenuto l'irreparabile, torna nell'ombra di Cremona. È probabile che sia stizzito per l'incarico di risolvere la situazione conferito a Balbo e furioso per la resistenza incontrata a Parma, ma anche soddisfatto per il risultato conseguito.

Quaranta fascisti si schierano davanti all'ingresso, presidiato da un drappello di guardie regie con due mitragliatrici. Il prefetto Fusco è con il questore di Parma, vari rappresentanti dell'amministrazione comunale e provinciale, il procuratore del re e il generale Lodomez. Balbo non perde tempo in preamboli:

"Prefetto: se non verranno demolite le barricate erette dai sovversivi da oltre ventiquattr'ore sotto gli occhi delle forze dell'ordine senza che queste siano intervenute a impedirlo, i miei uomini si sostituiranno alle autorità per ripristinare l'ordine e mettere fine allo sciopero generale!".

Poco più tardi, Balbo telefona a Mussolini e gli riferisce in tono concitato:

"Il Prefetto temporeggia, e con lui tutta questa banda

di ignavi! Ho dato un ultimatum: alle 14 circonderemo i sovversivi e sferreremo l'attacco risolutivo. Ho avuto soltanto la promessa di piazzare dei cannoni per sparare bombe a gas lacrimogeni, ma qua mi sembrano tutti succubi dei bolscevichi!".

"Prudenza, Balbo" gli intima Mussolini. "L'attenzione del Paese è tutta su Parma. Ripeto: risoluti, ma senza eccedere. Non ora. Noi siamo il nuovo ordine, non un'orda di devastatori! E se ci sarà qualche conto da lasciare in sospeso, non dubitare: tra breve tempo li sistemeremo tutti, nessuno escluso!"

"Capo, qua di conti da saldare ce ne saranno a non finire. Persino i preti ci sparano addosso! Senza contare quei baciapile dei popolari, che a Parma si sono scoperti tutti cuordileone! Stanno sulle barricate pure loro, assieme al resto della marmaglia... anarchici, comunisti, repubblicani, per non parlare di quei cani rabbiosi che vanno dietro a De Ambris e si fanno chiamare 'corridoniani', un insulto alla nostra bandiera..."

"E i socialisti?" chiede Mussolini.

"I dirigenti, almeno a parole, blaterano di pace e concordia. Ma poi i loro militanti stanno tutti là, a tirar su barricate, con tanto di elmetto in testa! Qua ci vuole un esempio che se lo ricordino per un secolo!"

"Porta pazienza, Balbo: la Rivoluzione Fascista è inarrestabile! Avremo tempo per lisciare la gobba pure a loro, uno per uno..."

Alle 14 in punto, l'esercito avanza verso le barricate dell'Oltretorrente, preceduto da due autoblindo. Il forte contingente di soldati è al comando del colonnello Simondetti.

Picelli si riunisce velocemente con i capisquadra degli Arditi e con vari rappresentanti dei cittadini insorti. Poi improvvisa un discorso a tutti:

"Ascoltatemi! Dobbiamo assolutamente evitare che

l'esercito si schieri a fianco dei fascisti! Quindi: non solo lasceremo passare i soldati, ma li accoglieremo come se fossero dei liberatori!".

Si nota un certo malcontento tra la gente, qualcuno non si fida, altri sono apertamente contro, ma Picelli si sforza di convincerli:

"Usiamo la testa, compagni! Se respingiamo l'esercito, sarà finita. Quelli hanno cannoni e autoblindo! Pensateci bene: tra quei soldati ci sono anche i figli della nostra gente, non sono tutti come quelle carogne dei cavalleggeri! Se riusciamo a spaccare l'unità dell'esercito dall'interno, i loro ufficiali non si sentiranno sicuri di poter dare l'ordine di attaccarci... Usiamo la testa, perdio!".

La gente intorno a Picelli riflette, discute, molti adesso sono d'accordo con lui. Diverse donne dimostrano maggiore elasticità e prontezza: ne arriva una con un fiasco di vino in mano e grida alle altre:

"Donne, venite con me! In mezzo a quelle teste quadre c'è anche qualcuno che conosco... Avanti, compagne: prima che si mettano a sparare pure loro... fraternizziamo!".

Qualche ragazza si scioglie i capelli, andando verso le barricate con aria festosa.

Gli uomini stanno a guardare, quasi fossero stati tagliati fuori. Guardano le loro donne che avanzano decise e non sanno se proteggerle o confidare nella loro protezione. Dall'altra parte, le file compatte dei soldati procedono con qualche incertezza.

"Viva l'esercito proletario!" gridano le donne.

"Benvenuti, soldati! Viva l'esercito!"

"Fratelli! Finalmente siete arrivati!"

I militari si scambiano sguardi indecisi, stupiti. Quelli sulle torrette delle autoblindo aspettano ordini: il colonnello fa segno di stare fermi. Poi avanza tra le donne che intanto abbracciano i primi soldati dello schieramento.

Picelli si intrufola velocemente e tende la mano al colonnello. Questi, prima fa il saluto militare dicendo:

"Sono il colonnello Simondetti".

Poi stringe la mano a Picelli.

"Benvenuto, colonnello. Vi conosco. Siete un uomo d'onore, e noi vi accogliamo da liberatori, come potete constatare."

Tutti, adesso, festeggiano l'arrivo dei soldati. Un giovane in divisa sbircia verso le donne, ne riconosce una, è imbarazzato e confuso, lei lo saluta a bassa voce, dandogli un bacio sulla guancia:

"Ciao, soldatino: ti ricordi di me?" e ammicca con un cenno di complicità. I due, evidentemente, si sono conosciuti in ben altra situazione. Il giovane soldato arrossisce, mormora:

"Eh, come no. Ma mi sembrate tutti matti, qua. Che vi siete messi in testa?".

"Va là, soldatino, che te, con quel fucile lì, non ci spareresti mai addosso, vero?"

"Be', io no ma mica son tutti fessi come me, in caserma. Sapessi quanti ce ne sono che vorrebbero farla finita con i *rossi*."

Dalle finestre la gente dei borghi getta fiori ai soldati, l'accoglienza festosa lascia interdetti i militari, che si aggirano guardinghi ma comunque contenti di avere evitato lo scontro con i difensori dell'Oltretorrente.

Dall'altra parte dei ponti sulla Parma, i fascisti sono furenti, non credono ai propri occhi, smaniano e imprecano. Balbo osserva la scena, scuro in volto, stringendo i muscoli della mascella, ha i nervi a fior di pelle. Poi, sbotta:

"Che scena vomitevole! Quel branco di imbelli si sta facendo infinocchiare dai sovversivi. Forza, andiamo al Naviglio che qua, per il momento, sta andando in scena il balletto dei pederasti!".

E si allontana seguito dal codazzo di capicenturia: vanno a ritentare un attacco al Naviglio.

Il colonnello Simondetti discute con Picelli e altri Arditi:

"Non posso garantirvi che i fascisti si ritirino dalla città. Hanno avuto troppi morti e feriti per poterli convincere a rinunciare alla vendetta".

Picelli lo prende per un braccio e lo porta verso una casa, indica una finestra al primo piano con le persiane chiuse:

"Colonnello, la vedete quella finestra? Lì ci abita un noto fascista, è redattore della "Fiamma", il fogliaccio che inneggia ai teppisti che stanno devastando Parma. Ebbene, colonnello: nessuno gli ha torto un capello, e la casa la presidiamo noi, per evitare che qualche testa calda ceda alle tentazioni sbagliate. Capisce? Se riuscirete a riportare l'ordine in città, posso garantire che non ci saranno altre conseguenze. Ma se continuano ad attaccarci... be', lo avete già visto di cosa siamo capaci".

"Onorevole Picelli, ve lo ripeto: per quanto mi riguarda, difenderò con ogni mezzo la vita e la libertà dei cittadini. Ma non dipende solo da me, e voi lo sapete. Fate un gesto di buona volontà: smantellate le barricate, e io vi do la mia parola di ufficiale che i fascisti non passeranno quei ponti."

Picelli scuote la testa, con rammarico:

"Colonnello, io vi credo, perché vi conosco e so come siete. Ma se smantelliamo le barricate, chi mi garantisce che altri, come per esempio gli ufficiali del Novara cavalleria o le guardie regie, non consentiranno ai fascisti di approfittarne per mettere la città a ferro e fuoco?".

Il colonnello Simondetti annuisce, dice a bassa voce:

"Lasciatemi parlare con il generale Lodomez. Voi, intanto, evitate di rispondere alle provocazioni. Se sparano, limitatevi a restare al riparo. Datemi il tempo di fare un tentativo".

Nuovo attacco in forze al Naviglio. Italo Balbo coordina personalmente le operazioni. I fascisti avanzano schierati, all'inizio riescono a mantenere una certa disciplina militaresca. Antonio Cieri, appostato con la sua squadra di Arditi dietro lo sbarramento soprannominato il "trincerone", fa segno agli altri di aspettare. Sulla cima del campanile, un ragazzino di quattordici anni è di vedetta. Si chiama Gino Gazzola. Ogni tanto si sporge e osserva le mosse degli attaccanti, poi grida verso le barricate quello che vede da lassù.

"Arrivano rinforzi!" urla a squarciagola. "Due o trecento almeno! C'è un autocarro con la mitragliatrice sul tetto, ha imboccato il viale adesso!"

Cieri, dalla strada, gli fa segno di aver capito. Poi, con gesto da veterano, si passa la cinghia del moschetto attorno all'avambraccio, e prende la mira alla maniera dei tiratori scelti. Inquadra uno dei capicenturia che avanza alla testa dei suoi uomini, e spara. Il fascista cade centrato al petto. Gli assalitori si bloccano, e cominciano a sparare all'impazzata. Alle loro spalle aprono il fuoco due mitragliatrici. Volano alcune bombe a mano da una parte e dall'altra, la battaglia infuria. Viene avanti un'autoblindo dei fascisti, ma dai tetti piovono bottiglie incendiarie che si schiantano sul selciato formando una barriera di fuoco. L'autoblindo indietreggia, e con essa gli attaccanti che si riparano dietro.

Il colonnello Simondetti è a colloquio con il generale Lodomez. Il comandante in capo della piazza di Parma ha un'espressione tetra, impenetrabile; ascolta l'ufficiale subalterno senza battere ciglio, standosene seduto dietro la scrivania, mentre il colonnello è in piedi, con il berretto sotto il braccio e una mano al cinturone. Dice:

"Generale, fra le nostre truppe c'è malcontento, tensione. Alcuni ufficiali veterani di guerra non se la sentono di sparare sugli Arditi: hanno combattuto fianco a fianco in trincea e molti soldati conoscono la gente dell'Oltretorrente, hanno fraternizzato. Informatori ci dicono che dalle nostre caserme sarebbero uscite armi e munizioni per gli insorti. Insomma, la situazione rischia di sfuggirci di mano”.

Il generale emette un rumoroso sospiro: è evidente che si sta controllando, ma all’ultima asserzione del colonnello avrebbe voluto battere un pugno sulla scrivania. Fissa dritto negli occhi Simondetti:

“E voi, colonnello, come la pensate al riguardo?”.

Il colonnello resta indeciso. Poi risponde:

“Io non penso, signor generale. Io obbedisco agli ordini perché sono innanzitutto un militare, e...”.

“Sì, sì,” lo interrompe bruscamente il generale Lodomez, “lo so, risparmiatemi la retorica. Vi ho chiesto come la pensate rispetto ai rivoltosi che hanno innalzato le barricate e impugnano fucili e bombe a mano. Vi sembra che lo Stato possa tollerare un’insurrezione armata contro l’autorità?”

“Non sono insorti contro l’autorità” risponde il colonnello in tono schietto: a questo punto, non resiste a dire come la pensa. “Si stanno difendendo da un’aggressione. Le camicie nere che li assediano sono venute da almeno cinque regioni diverse. Siamo di fronte a una vera e propria invasione, signor generale, e da parte di uomini armati, con tanto di mitragliatrici e di autoblindo.”

Il colonnello Simondetti si ferma, riflette. Il generale lo incalza:

“Dunque, colonnello? Concludete!”.

“Sì, concludo, signor generale: se quella dei fascisti non è un’insurrezione in armi contro i poteri dello Stato, allora non capisco cosa si intenda con tale definizione!”

Il generale annuisce: ha costretto il colonnello a uscire allo scoperto. Si alza e dice in tono sbrigativo:

“Ho un colloquio telefonico con il Ministro esattamente tra mezz’ora. Farò presente ciò che mi avete riferito, non dubitate. Grazie per la schiettezza, colonnello Simondetti”. Quest’ultima frase sembra contenere una velata minaccia. “In quanto al resto... Una volta risolta quest’incresciosa situazione, occorrerà fare pulizia al nostro interno, colonnello. Senza indugi e senza tanti riguardi, statene pur certo!"

Il colonnello saluta battendo i tacchi e se ne va.

Il generale Lodomez fissa per un istante la porta da cui è appena uscito, poi si dirige all'altra porta dell'ufficio, e accede in una stanza attigua dove lo aspettano alcuni gerarchi fascisti che scattano in piedi vedendolo entrare.

"Allora, generale? Cosa significa questa storia del colonnello Simondetti che avrebbe dato garanzie ai sovversivi?"

Il generale fa un gesto perentorio per imporre silenzio. Dice:

"Ho ricevuto pressioni da Roma. Il Governo vuole che vengano ripristinati l'ordine e la legalità, non posso concedervi ancora altro tempo".

Un gerarca ribatte in tono aggressivo:

"Anche noi abbiamo parlato con Roma. E l'onorevole Benito Mussolini ci ha detto di aver ricevuto continue telefonate dalle autorità cittadine che lo implorano di essere clemente! Ma lo sapete quanti morti e feriti abbiamo già avuto?! Altro che clemenza, quella teppaglia deve pagarla cara! E voi dovete innanzitutto rimuovere dall'incarico quel colonnello Simondetti, per aperta e sfacciata 'intelligenza col nemico'!".

"Signori: il colonnello ha un passato militare di specchiata integrità e coraggio, e inoltre, voi definite *nemico* gli abitanti di Parma Vecchia, ma qui non siamo sul Carso né loro inneggiano agli austroungarici, anzi... E per finire, in quanto ai vostri baldi combattenti, permettetemi di essere franco: saranno almeno diecimila e stanno prendendo una tale batosta che se fossi in voi mi vergognerei per il resto dei miei giorni."

I gerarchi sono furenti. Uno dei più giovani esclama:

"Lo riferiremo a Balbo, e state pur certo che se ne ricorderà, a tempo debito".

Il generale gli lancia un'occhiata sprezzante. Interviene un altro a rincarare la dose:

"Non ce ne andremo prima di aver sistemato i rossi e

chiunque li aiuta ad ammazzare i camerati! Lo ristabiliamo noi, l'ordine! Siamo in dovere di avvertirvi che, dopo l'inqualificabile atteggiamento di una parte dell'esercito e delle autorità cittadine, rompiamo ogni rapporto di collaborazione!".

Il generale li osserva uno per uno, con espressione severa. Poi, dice a bassa voce:

"Finché non riceverò dal Governo un ordine preciso in tal senso, i miei uomini non interverranno. Ma è solo questione di ore, domani al massimo sono certo che sarò costretto a fermarvi. Nel frattempo... l'impegno a smobilitare che i vostri capi hanno annunciato a Roma... potreste non averne ricevuto notizia, no? Approfittate del tempo che vi resta. Di più, non posso fare".

I fascisti attaccano l'Oltretorrente, aprono il fuoco, le armi puntate oltre la Parma: dalla terrazza dei bagni pubblici le mitragliatrici sparano nastri su nastri, alcune si inceppano per la canna ormai incandescente. Ulisse Corazza, il consigliere del Partito Popolare, combatte su una barricata. E viene colpito alla fronte da una pallottola. Muore all'istante. "Hanno ammazzato Ulisse Corazza!" grida un ragazzino correndo alla barricata di Picelli, che riceve la notizia con sgomento. Ci sono molti feriti tra i difensori: i lamenti che si odono tra una pausa e l'altra delle fucilate riportano alla memoria dei reduci gli scenari di cinque o sei anni addietro.

Su ponte Umberto, i fascisti sparano a casaccio e uccidono un passante in bicicletta, Attilio Zilioli, che tentava di raggiungere la propria abitazione.

Intanto, al Naviglio la situazione è critica. Spronati da Balbo, i fascisti riescono a conquistare qualche decina di metri. È un diluvio di pallottole. Cieri si sposta da un punto all'altro, incita, incoraggia, continua ossessivamente a raccomandarsi di risparmiare le munizioni, che scarseggiano. Primo Parisini è accanto a lui, e mentre arretra l'otturatore del moschetto gli urla di non esporsi. Subito dopo, un pezzo di cemento si sbriciola a pochi centimetri dalla testa di Antonio, che non sembra neppure accorgersene. Alberto Puzzarini sta tenendo duro dietro una barricata poco distante, spazzata dal fuoco incrociato. Durante un attacco più violento, cade colpito al petto Carluccio Mora, di ventiquattro anni. Cieri e i suoi non cedono, ma resistere alla pioggia di piombo è diventata un'impresa disperata.

Maria si avvicina alla barricata, Cieri le urla nel frastuono degli spari:

"Va' da Picelli e digli che qua stiamo finendo le munizioni! Se non arrivano pallottole dall'Oltretorrente, dovremo difenderci con le sole baionette!".

Poi Cieri stringe il braccio a Maria, le fa un cenno affettuoso, le dice:

"E se ti scoprono, corri senza voltarti indietro! Capito? Tu corri e basta!".

Sul campanile, il piccolo Gino Gazzola continua a comunicare la posizione e gli spostamenti dei fascisti.

Cieri ascolta, poi gli urla a sua volta:

"Va bene, Gino! Adesso sta' giù! Riparati, hai capito? T'ho detto di stare giù!".

Il ragazzino addita gli attaccanti che stanno riprendendo ad avanzare:

"Ce ne sono almeno un centinaio dietro gli alberi! E là, attenti, si stanno radunando! Attenti alla vostra destra, li vedete?!".

Un cecchino fascista appostato sul balcone al primo piano di una casa dalla parte opposta prende la mira. Inquadra il campanile.

Il dito si contrae impercettibilmente sul grilletto.

Gino Gazzola viene centrato al petto. Per una frazione di secondo rimane impietrito. Sul suo viso di ragazzino c'è stupore, più che dolore. Poi, mormora "Mamma..." e cade all'indietro. Improvvisamente è tornato un bambino.

Cieri lo vede cadere, lancia un grido disperato: "No! Gino!". Corre verso il campanile, si getta sulla stretta scala a chiocciola, sale su a balzi, tre gradini alla volta. A metà, incontra il prete, che tiene Gino Gazzola tra le braccia, inerte. Cieri lo prende tra le sue, e scende.

In strada c'è la madre del piccolo Gino. Cieri glielo porge con delicatezza. La donna si stringe al petto il figlio morto, lo culla come se dormisse, si incammina senza emettere un lamento, seguita dalle altre donne del borgo.

Antonio Cieri resta per qualche secondo immobile, attonito. Poi, estrae la rivoltella dalla fondina, e con un'espressione stravolta, pervaso da una furia incontenibile, si lancia di corsa oltre la barricata, spronando gli Arditi:

"Ammazziamoli tutti! Arditi! Scanniamoli tutti, questi bastardi!".

In preda a un furore travolgente, l'anarchico spara revolverate correndo in avanti e trascina con sé non solo gli Arditi, ma centinaia di abitanti del borgo del Naviglio che, brandendo ogni sorta di armi improvvisate, lo seguono nel contrattacco. Primo e Alberto lo hanno raggiunto, sbraitano e sparano con un velo di sangue sugli occhi: non vedono i fucili puntati contro di loro, sentono solo l'impulso di uccidere, la stessa negazione dell'istinto di sopravvivenza che si impossessava degli attaccanti al fronte quando correvano incontro alle pallottole.

I fascisti vengono colti alla sprovvista: non si aspettavano che i ruoli si invertissero. Adesso sparano a casaccio, colpiscono il diciassettenne Mario Tomba, che cade agonizzante. Ma gli altri lo superano e proseguono urlando come ossessi e chi ha un'arma spara continuando a correre.

Cieri si ritrova di fronte un fascista che lo prende di mira con la pistola: l'arma si inceppa. L'anarchico preme il grilletto della rivoltella, ma il cane batte a vuoto: è scarica. Mentre il fascista, tremando, infila un altro caricatore nella semiautomatica e arretra freneticamente il carrello, Cieri estrae la baionetta e gli si avventa addosso. I due sono abbracciati: Cieri affonda una, due, tre, quattro volte la baionetta nel ventre dell'altro. Il fascista si irrigidisce. I due si fissano negli occhi: hanno circa la stessa età, ventitré anni... Il giovane in camicia nera si affloscia, scivola lentamente a terra. Cieri lo lascia andare. Una fugace espressione di pietà scompare e torna la furia di prima: incita la gente del Naviglio e gli Arditi. La marea umana travolge i fascisti, che prima indietreggiano poi fuggono allo sbando.

Solo allora Antonio Cieri si ferma, ansimando: recupera la calma, comincia a richiamare i suoi.

"Fermiii! Fermatevi! Torniamo alle barricate. Arditi! Coprite la ritirata! Indietreggiamo a gruppi di quattro. Lasciate perdere quelli che scappano, sparate solo a chi vi dà la faccia. Con ordine! Con ordine! Ripiegate con ordine!"

Gli Arditi coprono la ritirata della gente del Naviglio, e ripiegando a scaglioni continuano a sparare sui fascisti che stanno tentando di riorganizzarsi.

Una volta al riparo del trincerone, Cieri si asciuga il sudore e si guarda le mani: tremano. Poi se le porta al volto, in un gesto di immensa stanchezza.

Arriva Maria. Che stavolta indossa un paio di pantaloni da uomo. Malgrado i lunghi capelli raccolti alla meglio dietro la nuca, l'abbigliamento strampalato e la polvere, a Cieri sembra bellissima.

Maria sfila dalla cintura pacchetti di munizioni, poi ne prende altri dal corsetto, in mezzo ai seni, e dalle tasche. Antonio accenna un sorriso, dice:

"Ma come ti sei conciata?".

Maria sbuffa, ribatte:

"Mi avevi detto di correre, no? Provaci tu, a correre con le sottane!".

L'anarchico scuote la testa, prende i pacchetti di pallottole e comincia a lacerarli per distribuire le munizioni. Maria si slaccia il corsetto: sotto, ha una sorta di fasciatura, praticamente una doppia imbottitura che l'avvolge sul ventre e sulla schiena. È piena di semola di mais.

"Ehi, donne!" grida. "Portate un paiolo, che c'è polenta per tutti!"

Nel giro di pochi istanti portano un paiolo fuori da una casa, altre accendono il fuoco, e c'è chi aggiunge qualche salsiccia, del sugo, del formaggio. Nel pieno dell'estate in pianura il clima non è certo il più adatto per apprezzare la polenta fumante, ma agli insorti del Naviglio non sembra vero di poter mangiare qualcosa di sostanzioso durante una pausa dei combattimenti.

Maria si avvicina a Cieri. Si mette le mani tra i capelli arruffati, e ne sfila un foglietto di carta ripiegato minuziosamente:

"Questo te lo manda Picelli. So già che c'è scritto. Dice di resistere". Maria fa una smorfia e aggiunge: "Resistere! Come se qua si potesse fare altro che resistere!".

Antonio Cieri fissa a lungo Maria. Forse non lo sa neanche lui se si tratti di ammirazione, affetto, attrazione... Maria perde l'espressione scanzonata e, vedendolo sporco di sangue e di polvere, malinconico e sfinito, ma pur sempre con quell'orgoglio e la fierezza nello sguardo, si avvicina, e i due si abbracciano forte, disperatamente.

La notte, Cieri è appostato dietro il trincerone. Ha un'espressione tetra, insondabile, come se stesse pensando a qualcosa di intenso, di irrinunciabile.

A un tratto, scatta chino in avanti, afferra l'ultima bomba a mano rimasta nella cassetta delle munizioni comuni, se la infila in tasca. Primo Parisini lo osserva. Cieri alza lo sguardo, va verso di lui, gli fa a bassa voce:

"Dì, Primo... ce l'hai un orologio?".

L'Ardito fa un mezzo sorriso:

"Eh, come no, anche l'orologio...".

Cieri si fruga nel taschino, estrae il suo, glielo porge.

"Se ti chiedo di fare una certa cosa tra un numero preciso di minuti, mi garantisci di non sbagliarti?"

Primo annuisce con espressione ironica.

"Posso contare anche i secondi, se ce n'è bisogno."
Cieri rimane serissimo, lo afferra per il polso.
"Allora stammi bene a sentire: tra quindici minuti, quindici minuti esatti, tu sarai sul campanile e accendi un fiammifero."
"Un... fiammifero?" domanda l'altro, perplesso.
"Sì, un fiammifero, ma senza esporti, anzi, fai una cosa: ti togli la camicia, e la metti sul davanzale, come se dentro ci fossi tu. E accendi il fiammifero stando dietro, ben riparato."
Cieri fissa negli occhi Parisini.
"Mi hai capito bene?"
"Be', Tonino, questo l'ho capito... Ma te, che accidenti ti sei messo in testa? Guarda che se vuoi combinare qualcosa senza di me, te lo scordi."
"No, stavolta no, fidati, ho bisogno del tuo aiuto *qui*. Tra quindici minuti: camicia esposta e fiammifero acceso. Intesi?"
L'altro annuisce, con aria poco convinta.
Cieri scivola in una stradina laterale; si allontana camminando curvo, quasi piegato in due.
Alberto Puzzarini, che ha seguito la scena poco distante, senza dire una parola va ad appostarsi nella prima linea difensiva, appoggia il fucile in un varco e prende accuratamente di mira le postazioni nemiche, pronto a coprire le spalle all'amico nel caso venga individuato. Alberto è accigliato, impreca tra i denti, ma non se l'è sentita di fermarlo: conosce Antonio quanto basta per sapere che non prende decisioni avventate, qualunque cosa si sia messo in testa di fare, vuol dire che prima ci ha riflettuto a fondo. Ma accidenti al mondo infame, pensa maledicendo il sudore che dalla fronte scende sugli occhi e gli annebbia la vista sul mirino del Carcano Mannlicher '91, non è proprio lui a essersi sempre sgolato sulla necessità di rispettare la paura e diffidare del coraggio... Antonio sa il fatto suo, certo, ma nelle ultime ore gli è sembrato troppo audace, troppo *ardito* nello sfidare le pallottole al-

lo scoperto, quasi fatalista. In quel contrattacco potevano rimediare una mazzata letale ma, in fin dei conti, quelle bestie, quei vigliacchi, si sono trovati di fronte gente risoluta e disposta a ribattere colpo su colpo... Alberto si toglie il sudore dagli occhi, un istante, e l'ombra di Antonio è già scomparsa nel buio caliginoso di quell'agosto infuocato.

L'anarchico sgattaiola per le stradine, oltre le barricate, evitando una dopo l'altra le sentinelle fasciste appostate. Nell'oscurità, riesce a non farsi avvistare. Intorno a lui, la confusione dei detriti lasciati dai combattimenti gli è di aiuto, mentre nell'aria echeggiano sparatorie sporadiche, in lontananza, con qualche esplosione isolata. Raggiunge infine un palazzo, quello che si intravede dal trincerone. Guarda i balconi, quelli alti e quelli bassi, ma non riesce a scorgere niente di particolare. Aspetta. Stanno per trascorrere i quindici minuti. Getta un'occhiata verso il campanile, rischiarato a malapena dalla luna calante. Aspetta ancora. Finché, sulla sommità, un bagliore: Primo ha acceso un fiammifero, e per pochi attimi si può distinguere una figura, una camicia chiara esposta tra le colonne della torre campanaria.

Dal balcone al primo piano, quello al centro del caseggiato, parte una fucilata. Cieri vede distintamente la fiammata. Sul campanile, intanto, è tornato il buio totale.

Cieri striscia a terra, come ha imparato negli anni della guerra, quando raggiungeva le trincee avversarie senza fare un solo fruscio, quando assaltava, con la lama della baionetta tra i denti e la bomba stretta nel pugno, le postazioni nel ghiaccio degli Alpen Jäger, le truppe scelte del nemico, i migliori tiratori che ammazzavano uno dopo l'altro i suoi compagni di sventura.

Cieri è sotto il balcone. Tira l'anello della spoletta con i denti, poi fa un gesto leggero, silenzioso, quasi un movimento al rallentatore: lancia la bomba al di là della balaustra con calibrata energia, in modo che ricada dolcemente, con il minore rumore possibile.

Si avverte qualcosa, un brusio di stupore e indecisione. La bomba deflagra e scaraventa il cadavere del cecchino a dieci metri di distanza, insieme ai detriti. Nel marasma che ne segue, Antonio Cieri riesce facilmente a guadagnare la via del ritorno, mescolato alle ombre dei fascisti che si agitano convulsamente, urlando e sparando alla cieca.

Quando l'anarchico è nuovamente dietro la barricata, con le spalle appoggiate al trincerone di lastre e mattoni, si lascia andare. Parisini lo guarda, tenendo tra le mani la camicia con il dito infilato nel foro della pallottola.

"Il piccolo Gazzola è vendicato."

Cieri non muove un muscolo. Sembra impenetrabile.

Arriva Alberto Puzzarini e si siede accanto a Cieri. Gli vien fuori un sospiro roco, si gratta la barba sul mento e sul collo che non rade da vari giorni. Resta in silenzio, finché non si decide a liberarsi della domanda che gli preme in gola:

"Ti ha dato soddisfazione?".

Cieri storce le labbra, mormora:

"La stessa che provi tu quando schiacci uno scarafaggio dentro casa".

L'Ardito inarca le sopracciglia: non sembra convinto della risposta. Aggiunge:

"Gli scarafaggi non ammazzano i bambini".

Cieri annuisce.

Primo Parisini, pulendo il fucile e rimontando l'otturatore bene oliato, lo vede ripiombare nel silenzio.

"Oh, Tonino" gli fa. "Non dormi da tre giorni. Dammi retta, va' a riposare un po', che qua ci stiamo noi."

La lunga nottata dietro le barricate dell'Oltretorrente, non è fatta solo di silenzi; tra una sparatoria e l'altra, si leva il canto degli abitanti dei borghi, che preferiscono da sempre le arie d'opera alle canzoni di lotta e agli inni. La voce da tenore di un Ardito si intreccia a quella limpida di una donna. I fascisti, dall'altra parte dei ponti, si guardano stupiti.

"Quando notte il cielo copra, tu ne avrai compagni all'opra, dagli sgherri d'un rivale, ti fia scudo ogni pugnale...

Spera Ernani, la tua bella de' banditi fia la stella...

Saran premio al tuo valore..."

Un mitragliere in camicia nera, infastidito, spara una raffica verso la barricata. Dall'altra parte, il canto si interrompe per pochi istanti: poi riprende ancor più vigoroso di prima.

"Per boschi e pendici abbiam soli amici moschetto e pugnal... Quand'esce la notte nell'orride grotte ne forman guancial...

Comune abbiam sorte, in vita e in morte, son tuoi braccio e cor... Qual freccia scagliata, la meta segnata sapremo colpir..."

A un certo punto un Ardito si sporge dalla barricata, spara un colpo verso gli assedianti e subito dopo intona a squarciagola:

"Mille guerrier m'inseguono, m'incalzano inumani: sono il bandito Ernani!".

Fa appena in tempo a ripararsi che gli piovono intorno decine di pallottole, le detonazioni si mescolano agli insulti sbraitati dai fascisti e alle risate provocatorie dei *lirici* barricadieri.

Mentre vi racconto tutto questo, mi pare incredibile che siano passati cinquant'anni. Mezzo secolo, vi rendete conto? E ne ho dimenticate di cose, della mia vita, ma quelle giornate, e forse ancor più le nottate, le ho davanti agli occhi come se, uscito di qui, dovessi ritrovare Picelli pochi metri più in là che cammina a passo svelto da una strada all'altra, per controllare le barricate una per una, a chiedere di questo o quel ferito, a spronare chi è così stanco da non reggersi in piedi, a rincuorare una moglie o un figlio, ascoltare i rapporti dei capisquadra e decidere con loro se spostare uomini dove più ce n'è bisogno, a dare consigli, raccomandazioni, e soprattutto a organizzare i turni di guardia, per poi unirsi a un coro e bere un bicchiere in compagnia, o meglio ancora un bricco di caffè, per scongiurare che la spossatezza vinca la volontà di resistere. Perché, vedete, a un certo punto i combattimenti più accaniti avvenivano al Naviglio, e vi sarà sembrato che di Picelli s'erano perse le tracce, ma se è vero che alle barricate del Naviglio stavano facendo l'impossibile per respingere gli assalti, sotto le grandinate di pallottole e bombe a mano, era altrettanto vitale mantenere il controllo della situazione nell'Oltretorrente, non solo coordinando le forze, ma anche tenendo alto il morale che, dopo un po', cominciava a mostrare i primi segni, come posso dire, non di cedimento, questo no, ma di incertezza, di preoccupazione per come sarebbe andata a finire. "Picelli, non abbiamo più gar-

ze", "Picelli, tizio doveva darmi il cambio un'ora fa e non s'è ancora visto", "Picelli, ho finito le munizioni". E l'instancabile Picelli aveva sempre una parola per chiunque, una qualche proposta per risolvere momentaneamente un problema, o una battuta, un gesto di affetto o di bonario rimprovero, insomma, non chiudeva occhio da chissà quanto, non stava mai fermo, si spostava in continuazione, perché sapeva che la sua presenza contava più di qualsiasi strategia decisa a tavolino o piano accuratamente studiato: arrivati a un certo punto, cos'era che li teneva insieme, quegli uomini e quelle donne? Cos'era a farti sentire una merda se piantavi i compagni in strada e te ne andavi a letto dopo aver sprangato bene la porta? Picelli lo capiva, lo aveva imparato prima in trincea e poi nella lotta quotidiana, che ciascuno ha il suo punto di rottura, che lo scoramento prima o poi arriva per tutti, quel momento in cui diventa comprensibile per ogni essere umano avere paura e sentire una gran voglia di mollare. Ammazzano il compagno che stava di fianco a te, e pensi: "La prossima tocca a me". Vedi i feriti, vedi il sangue, ti rendi conto che il combattimento ha perso tutto il fascino che aveva prima, quando profumava di ideali romantici e avventura, mentre adesso puzza di viscere e adrenalina, di sudore rancido e paura, e ti chiedi se riuscirai mai a sopportarlo, quando ci sarai tu, sul selciato, con i compagni che urlano in cerca di un dottore e una barella che non arriva, e tu intanto ti dissangui e senti la vita che ti volta le spalle proprio quando da lei ti aspettavi chissà che.

Perché, credetemi, ogni insurrezione rappresenta il culmine di inenarrabili soprusi, angherie, umiliazioni. Non è certo la smania di provare emozioni forti, a sfociare in rivolta di popolo. Quella gente sopportava da troppo tempo una vita grama, e la calata degli unni era stata la scintilla per una carica già pronta a esplodere. Nessuno di loro aveva innalzato barricate perché si illudesse di rovesciare le sorti ormai segnate di un paese alla deriva. Tuttavia, in una popolazione che insorge e resiste a forze così preponderanti, c'è sempre un entusiasmo, a spronarla, che rasenta l'euforia.

Quella gente, mentre sbarrava le vie d'accesso ai borghi, era infiammata da un sentimento che assomigliava alla gioia: ciascuno era parte di un insieme, di un tutto, provava conforto nel sentirsi solidale tra solidali, e scacciava la paura della morte e di un futuro oscuro stringendosi agli altri. Era l'identità dei borghi, a tenerli dietro quelle barricate, dove il sangue sparso non sembrava scalfire la forza di volontà.

Ma in capo a vari giorni e notti di resistenza, molti cominciavano a chiedersi: "E dopo? Che faremo, dopo?". Fino a quando avremmo potuto respingere gli unni? Le informazioni non arrivavano in fretta, nell'agosto del 1922, ma tutti sapevamo che il fascismo stava dilagando ovunque e che noi, dietro quelle barricate, costituivamo l'ultimo bastione. E Parma, non stava su un'isola in mezzo a un oceano: presto o tardi, sarebbe rimasta stritolata dal resto dell'Italia in balìa della barbarie. Certo, le barricate, da che tempo è tempo, hanno sempre messo in fuga la paura della morte. Ma il tempo che trascorre lavora e scava, come l'acqua di un torrente che erode piloni di ponti improvvisati, costruiti con l'entusiasmo del primo giorno e poi, piano piano, uno scricchiolio, uno schianto, un cedimento. La morte non spaventava i barricadieri dell'Oltretorrente e del Naviglio. Però erano sempre più numerosi quelli che si chiedevano: "E se ci resto secco, oppure senza un braccio o senza una gamba, che ne sarà dei miei figli, come farà mia moglie, come tirerà avanti mia madre... Che ne sarà di me, se rimango storpio e senza lavoro? E dopo tutto questo, che faremo, dopo?".

Manca poco all'alba. Una donna va a sedersi accanto ai difensori che montano turni di guardia dietro una barricata. Ha portato un bricco di latte e un po' di pane. Qualcuno fa una battuta sul fatto che avrebbe preferito del vino, ma la donna non gli bada: si passa le mani tra i capelli e sospira. Gli accenni di risate intorno a lei si spengono in fretta. Uno le posa una mano sulla spalla, le chiede:

"Come sta? Ha sempre la febbre alta?".

La donna annuisce. Suo marito è stato ferito e lo hanno affidato alle cure dei medici volontari.

"La pallottola gli ha spappolato il gomito. Il braccio destro, vi rendete conto? Rimarrà un disgraziato per tutta la vita. C'è pure il rischio che debbano amputarlo. E come farà a lavorare, senza un braccio? Abbiamo quattro figli..."

"Non sei sola" tenta di consolarla un altro. "La Lega dei Proletari esiste anche per questo, anzi, soprattutto per questo: abbiamo pensato a tanti orfani e vedove di guerra, ci mancherebbe che..."

La donna lo interrompe con un gesto della mano:

"Sì, sì, la Lega" mormora. "Vedrai che fine farà la nostra Lega, quando quei bastardi l'avranno vinta".

"Macché vinta" interviene un altro ancora. "A Parma non la spunteranno mai!"

Un uomo sulla quarantina, tra i più anziani del gruppo, scuote la testa e dice a bassa voce:

"Non illudiamoci. Che importa se a Parma non passeranno? Il resto d'Italia sta andando in malora. E avanti così, non rimarrà più in piedi una cooperativa, una camera del lavoro".

Cala un silenzio pesante. È come se all'improvviso la malinconia avesse preso il sopravvento sull'entusiasmo. La donna se ne rende conto, si asciuga una lacrima che non era riuscita a trattenere, si alza e dice:

"Basta, va là! Piantiamola, che a piangerci addosso non risolviamo niente".

E se ne torna da dove era venuta, seguita dagli sguardi mesti dei compagni.

Quando è scomparsa nel buio, un giovane chiede agli altri:

"Ma allora, se alla fine finirà tutto in merda, per cosa stiamo qui a farci sparare addosso?".

"Perché non c'era altro da fare" gli risponde secco un Ardito, che poi prende il fucile e va ad appostarsi dietro la barricata.

Il malumore è sceso come un velo nero. Non serve cercare di esorcizzarlo con battute o frasi fatte. C'è chi spera che i fascisti riprendano a sparare, pur di rompere quel silenzio tetro.

Un rumore di passi proviene dalla stessa stradina dove si è appena allontanata la donna. Nel silenzio della notte, i tacchi sul selciato echeggiano con un ritmo cadenzato, passi rapidi, spediti. I difensori della barricata aspettano di scorgere l'uomo che sta per spuntare all'angolo del caseggiato.

La fucilata arriva con uno schiocco come di legno che si spacca, partito da lontano: un cecchino appostato su un tetto, probabilmente, al di là del ponte. Tutti si sono accovacciati d'istinto, la testa incassata nelle spalle, gesto più utile a evitare una seconda fucilata che a schivare la pallottola in viaggio. In quella frazione di secondo, hanno visto le schegge di intonaco e la nuvoletta di calcinacci a pochi centimetri dall'ombra furtiva, che si è piegata di scatto confondendosi con la massa scura di un barile accostato al muro.

"Fjol d'un pongón da canadéla! Ti t'sì stè caghè dal djävol, vigljac d'un fascista!"

Quelli al riparo della barricata si voltano verso l'uomo che, mancato d'un soffio, ha reagito con la scarica di insulti ad alta voce. Che dev'essere arrivata anche alle orecchie del *figlio d'una pantegana di fogna* e dei suoi compari, perché subito dopo fanno partire una gragnuola di colpi a casaccio, indirizzati verso la voce che si è levata dal buio. Gli Arditi sparano a loro volta, mirando sui lampi delle ultime fucilate.

"Basta, compagni! Piantatela di sprecare munizioni!"

Il "bersaglio" mancato dai cecchini si avvicina curvo, facendo gesti perentori perché cessino il fuoco. E quando viene riconosciuto, lo stupore dura appena un istante, perché qualcuno nota le macchie di sangue sulla camicia bianca, all'altezza del petto.

"Picelli! Ma ti hanno colpito! Fa' vedere, sta' fermo!"

"No, non è il mio, questo sangue" li rassicura Picelli. "Ho soccorso un compagno, poco fa, che aveva una brutta ferita al costato, e accompagnandolo in infermeria si è appoggiato a me."

Poi si sporge con cautela e indica un edificio dall'altra parte del ponte.

"Quelli là sono ben riparati, è inutile sparare finché se ne stanno laggiù. Risparmiate le cartucce per quando proveranno a farsi avanti. Intesi?"

Tutti annuiscono. Picelli batte la mano sulla spalla dell'Ardito accanto, fa un cenno di saluto agli altri e riscompare nella penombra: il ritmo cadenzato dei suoi passi sul selciato si allontana nell'ultima ora della notte, confondendosi con le voci acute di giovani vedette sugli abbaini e con lo stanco scalpiccio di chi viene a rimpiazzare i turni di appostamento, in attesa dell'alba.

SABATO 5 AGOSTO

Verso le undici del mattino, Italo Balbo raduna un forte contingente di squadristi armati fino ai denti. Appoggiati da due mitragliatrici che spazzano le barricate e le case limitrofe, si preparano ad attaccare. Balbo in persona dà l'ordine di avanzare. I fascisti non sembrano molto determinati, hanno perso tutta la baldanza ostentata all'inizio della spedizione: camminano chini per paura di essere colpiti, cercano di stare al riparo. Superano ponte Verdi, dove staziona un grosso contingente di soldati: gli ufficiali li guardano senza intervenire, ma tra i militari di truppa è evidente il malcontento, rivolgono ai fascisti sguardi ostili, qualcuno impreca e sputa a terra.

Intanto, altri squadristi si sfogano nella zona della città da loro controllata. Assaltano e devastano gli studi di professionisti che, a vario titolo, si sono distinti per l'opposizione al fascismo: gli avvocati Ghidini, Grossi, Ghisolfi, Baracchini, l'ingegner Albertelli; fanno irruzione anche nell'ufficio del ragionier Argenziano, indicato da alcuni fascisti come "amico dei rossi", e quindi nell'abitazione di Tullio Masotti, direttore del "Piccolo". Vengono saccheggiate le sedi dell'Unione del Lavoro e del Partito Popolare. Nel palazzo che ospita i locali dei popolari i fascisti, non paghi, sfondano anche la porta dell'abitazione della famiglia dei conti Anguissola. La coppia di domestici che trovano in casa è terrorizzata, quello che sembra il maggiordomo tenta di fermarli dicendo:

"Ma che fate?! Questa è la casa dei conti Anguissola! Una famiglia onorata, che non ha niente da spartire con i sovversivi... Che fate, per l'amor di Dio?".

I fascisti li spingono da parte. Uno sembra indeciso:

"Ma questi qua non c'entrano niente col Partito Popolare...".

L'altro alza le spalle e sbotta:

"Chissenefrega! A Parma i camerati li conosciamo tutti uno per uno. E questi qua, se non sono con noi, vuol dire che stanno contro di noi!".

Gli squadristi, oltre a sfasciare mobili e suppellettili, si intascano tutto ciò che trovano di prezioso nella lussuosa dimora dei conti, compresi alcuni soprammobili e una certa somma in contanti racimolata nei cassetti.

Fuori, nelle strade, il comportamento degli invasori è ormai fuori controllo: depredano i negozi di generi alimentari per sfamarsi, prendono *donazioni spontanee* in denaro dicendo che serviranno a sostenere la "rivoluzione fascista", costringono i proprietari ad alzare le saracinesche altrimenti verranno considerati in sciopero e quindi bastonati selvaggiamente. Finiscono, insomma, con il convincere le autorità che è necessario l'intervento dell'esercito per fermare gli *unni*.

Gli attaccanti guidati da Italo Balbo raggiungono via Farnese, ma all'altezza della Chiesa delle Grazie vengono accolti a fucilate: si spara dai tetti e dalle finestre, oltre che dalle barricate. I primi a reagire sono stati i sindacalisti corridoniani, subito seguiti dagli altri Arditi. Alcuni fascisti cadono feriti, altri sbandano, qualcuno cerca di trascinarsi dietro i camerati colpiti: la ritirata diventa una fuga caotica.

Tornato sul ponte, Balbo è furente, inveisce contro gli

uomini che non hanno avuto il fegato di continuare. Si rivolge ad alcuni capi, esortandoli a riorganizzare le forze per un secondo tentativo. A questo punto, un ufficiale dell'esercito si fa avanti e si mette di fronte a Balbo: è il colonnello Simondetti. Saluta militarmente, dice in tono secco:

"Egregio *dottor* Balbo, adesso basta. Ho ricevuto l'ordine di fermarvi".

Balbo lo squadra da capo a piedi.

"Cosa avete detto? Colonnello, di quali ordini state cianciando? Toglietevi dai piedi, che non è il momento per certi vaneggiamenti."

Dalle barricate e dalle finestre delle case, gli antifascisti si mettono a urlare e a gesticolare:

"Lasciateli passare, che li ammazziamo noi, quei buffoni! Fateli venire avanti, che avranno quello che si meritano!".

Il colonnello alza un braccio: i soldati puntano i fucili su Balbo e i suoi.

"Vi prego di non costringermi a intervenire. Ve lo ripeto: ho l'ordine di ripristinare la legalità con ogni mezzo. Ritiratevi."

Balbo trema dalla rabbia. Guarda verso i suoi capicenturia e si accorge che stanno parlando con alcuni ufficiali dell'esercito. Con quattro falcate nervose li raggiunge, chiede che diamine stiano facendo. Uno dei capi fascisti, scuro in volto, risponde:

"Ras, questi qua dicono che su tutti gli altri fronti di attacco i nostri sono allo sbando. Io ho perso otto uomini, e i feriti non si contano più, non abbiamo modo di assisterli e curarli, è un disastro".

"Balle!" urla Italo Balbo. "Macché sbando e disastro! Non voglio neanche sentirle, certe parole. Se tirate fuori i coglioni, questa faccenda la risolviamo stamattina stessa!"

Gli altri sono perplessi, imbarazzati. Balbo si accorge che numerosi squadristi si stanno dileguando alla spicciolata.

"E voi dove state andando?!" urla. "Tornate qui, codardi!"

Uno dei capi prova a intervenire:

"Non siamo codardi. Nessuno ci aveva detto che avremmo trovato una situazione simile. Quelli hanno più armi di noi, sono in troppi e ben trincerati, lo avete ammesso anche voi che non vi aspettavate fossero così bene addestrati, e...".

Balbo lo afferra per il bavero, sibila tra i denti muso contro muso:

"Sta' zitto, pagliaccio! Vuoi che domani tutta l'Italia rida di noi? Taci!".

In quel mentre, arriva un'auto militare preceduta e seguita da una nutrita scorta. Scende il generale Lodomez, che si avvicina a Balbo con il suo stato maggiore e numerosi soldati di picchetto. Il generale saluta impettito, si presenta a Balbo:

"Generale Lodomez, comandante in capo della piazza. Sono qui per far rispettare gli ordini, e da militare, posso garantirle che non avrò alcun indugio né remore".

Balbo resta in silenzio qualche istante, fissando il generale. Poi chiede sprezzante:

"E da dove arriverebbero, questi ordini?".

"Direttamente dal Ministero, dottor Balbo."

Il Ras di Ferrara, livido in volto, scuote la testa, trattiene a stento la rabbia, dice con voce alterata:

"Generale, ma che accidenti avete tutti quanti, qui? Pos-sibile che questa stramaledetta città sia diversa dal resto d'Italia? La Rivoluzione Fascista ha ottimi rapporti con l'esercito, ovunque abbiamo ricevuto appoggio e aperto sostegno! Possibile che soltanto qui, dannazione, ci ritroviamo con dei soldati che stanno dalla parte dei sovversivi?!".

Il generale non batte ciglio e replica in tono neutro:

"Badate a quello che dite. Nessuno dei miei uomini sta con i 'sovversivi', come li definite voi. Avete avuto quattro giorni e quattro notti per fare quello che intendevate fare.

I risultati li avete davanti agli occhi: vi hanno respinto e continuano a respingervi, e intanto i vostri *giovanotti* si abbandonano a ogni sorta di scelleratezza, saccheggiano studi di stimati professionisti e case private, svaligiano negozi e pretendono soldi dalle nostre banche. Tutto ciò ha superato qualsiasi limite di sopportazione. Se continuiamo a lasciarvi campo libero, finirete per radere al suolo mezza città. E questo non possiamo permetterlo".

Balbo fa un gesto insofferente, ribatte:

"Se radessimo al suolo quei covi di pulci dell'Oltretorrente, Parma ci guadagnerebbe in pulizia e bellezza. E se voi foste dei patrioti, non toccherebbe a noi, adesso, fare il lavoro sporco!".

Lodomez freme, sembra sul punto di reagire con veemenza di fronte alla strafottenza di quel signorino che osa mettere in dubbio il suo patriottismo, ma si contiene, preferisce mantenere un distacco sdegnoso, e conclude:

"Ritiratevi ora, e salverete la faccia. Raccogliete i vostri morti e feriti, e ringraziate il cielo che ci siamo noi a impedirvi di farvi massacrare".

Nel piazzale della Steccata, davanti all'albergo Croce Bianca in cui ha sede la centrale operativa di Balbo, un gruppo di squadristi bivacca riposandosi dalle *fatiche* dell'assedio. Tra loro c'è un cremonese soprannominato Gattaccio, forse per gli occhi verdi da felino, lo sguardo scaltro, l'atteggiamento guardingo, sempre all'erta. Ha un tascapane che ha posato di fianco, mentre il fucile è appoggiato al muro. Seduto a gambe larghe sul selciato, chiacchiera con un camerata dalla faccia meno rassicurante della sua: una cicatrice gli solca la guancia fino al mento, e le nocche delle mani narrano di scazzottate senza risparmio. Gattaccio dice:

"Ci hanno dato una bella fregatura. Farinacci mi aveva parlato di un'azione da risolvere in ventiquattr'ore, qualche testa da rompere e un po' di megere da spaventare, e invece qua ci ritroviamo con un esercito di rossi che sparano come indemoniati... Caporetto numero due".

L'altro annuisce, sputa di lato e aggiunge:

"Ho visto un camerata centrato in mezzo agli occhi da una fucilata sparata da almeno duecento metri. E dire che abbiamo le mitragliatrici, ma quei coglioni che hanno avuto quest'alzata d'ingegno dovevano pensare anche ai mortai, perché senza quelli non passeremo mai dall'altra parte del torrente. Loro non sanno un cazzo, danno ordini e poi nella merda ci sguazziamo noi!".

Si fa avanti uno squadrista con il braccio destro appeso al collo e una fasciatura al polso intrisa di sangue. I due gli rivolgono un'occhiata di traverso e quello, con un mozzicone tra le labbra, chiede se hanno da accendere. Il compare di Gattaccio annuisce, prende i fiammiferi dal taschino e gli accende la cicca.

"Se siamo ancora qui, è perché certi caporioni hanno un culo sfacciato... Ieri c'è mancato poco che tutto 'sto bordello finisse nel modo peggiore."

I due lo guardano aspettando che si spieghi. Il tipo tossisce, si massaggia il braccio intorpidito, e racconta:

"Balbo e il suo stato maggiore stavano passando proprio da queste parti, indaffarati a studiare le mosse da fare per ottenere questo bel risultato, quando un rosso in camicia nera gli ha buttato tra i piedi una bomba a mano. Be', non è scoppiata! Vi rendete conto che botta di culo? E mentre quelli facevano un salto indietro, il rosso se l'è squagliata indisturbato. Bel fegato, non c'è che dire. Saremo in dieci o quindicimila, chi cazzo può riconoscere un rosso se si mette la camicia nera e ti piazza una bomba sotto le palle?".

I due non replicano, il tipo fa un cenno di saluto e va a sdraiarsi su una panchina, imprecando per il dolore al polso.

Gattaccio estrae dalla tasca una pinza e ci giocherella, fissandola cupamente. Il compare sogghigna:

"Ti rode, eh, che non l'hai potuta ancora usare!".

"La userò, la userò, sta' tranquillo che prima o poi la userò..."

In guerra, i due erano commilitoni, stessa compagnia, e dopo il congedo avevano *investito* i frutti raccolti durante il conflitto: con i denti d'oro strappati ai cadaveri, Gattaccio si era comprato la casa dove i genitori vivevano in affitto, e ora contava di acquistarne un'altra tutta per sé con i proventi delle scorrerie squadriste. Del resto, la sua era un'usanza diffusa in tutte le guerre, praticamente da quando esistevano i denti d'oro. Ma i due non si limitavano a questo: ai cadaveri toglievano anche catenine, soldi dalle tasche, tabacchiere d'argento o medagliette ricordo, qualunque oggetto di valore che potessero poi rivendere ai ricettatori che conoscevano. Gattaccio era in rapporti stretti con Farinacci, ma il Ras di Cremona gli proibiva di farsi vedere in pubblico con lui, doveva evitare di andarlo a trovare nella sede del partito o in qualsiasi luogo frequentato da altri fascisti: usava Gattaccio per eseguire ordini che ufficialmente non aveva mai dato.

Si avvicina un giovane squadrista dall'aria altezzosa, un po' troppo boriosa per quei due che ne hanno viste tante e hanno ormai assunto l'espressione cinica dei veterani rotti a ogni esperienza. Il giovane li saluta a braccio teso:

"Camerati: a noi!".

"E a tua sorella" mormora Gattaccio.

"Come hai detto, camerata?" chiede il nuovo arrivato fissandolo storto.

Per tutta risposta, Gattaccio tira fuori dal taschino della camicia il suo "portafortuna", una spilla formata da un minuscolo pugnale circondato da alloro e foglie di quercia, con sotto la scritta "A Noi", e lo mostra al ragazzotto. Che lo guarda e non capisce. Con voce stanca, Gattaccio spiega:

"Questo l'ho strappato a un Ardito del Popolo durante uno scontro a Roma. Quella volta ci hanno suonati come tamburi, ma io sono riuscito a spaccare il cranio a uno di quei pezzenti e per ricordo gli ho preso il distintivo".

"Non capisco. Cosa intendi dire?" ribatte il giovane.

"Non c'è niente da capire. Volevo solo confonderti un

po' le idee... perché mi sembri di quelli che hanno in testa poche idee ma chiare come il sole, non è vero?"

L'altro avverte il sarcasmo nel tono del veterano e preferisce lasciar perdere. Si siede anche lui, e dopo un po' chiede ancora:

"Vi state riposando in attesa del prossimo assalto?".

Gattaccio e il compare si scambiano un'occhiata: sono già stufi di avere tra i piedi quel ragazzotto troppo *entusiasta*. Ma poi Gattaccio pensa che potrebbe divertirsi con il pivellino, il pomeriggio stava prendendo una piega noiosa e tanto vale approfittare dei diversivi offerti dal caso. Si alza sbuffando, si massaggia la schiena indolenzita, e dice:

"Sai una cosa? Ci siamo riposati abbastanza: credo sia ora di tornare all'attacco".

Il giovane scatta in piedi, raccoglie il fucile, si rimette il fez e sembra ansioso di seguire quei due: ai suoi occhi sono uomini avvezzi a mille battaglie, le loro facce parlano da sole ed esercitano un notevole fascino su di lui.

"Dì' un po', tu, come ti chiami?"

Il giovane gonfia il petto e scandisce stentoreo:

"Camerata Monaldo Parutini, Fascio di Combattimento di Rovigo!".

"Riposo, camerata Monaldo da Rovigo, riposo" gli fa Gattaccio. Poi, girandogli intorno, comincia a sfotterlo. "Monaldo... Monaldo... Come dire quel mona dell'Aldo".

Gli altri squadristi che bivaccano lì intorno scoppiano a ridere sguaiatamente. Il giovane sembra smarrire di colpo l'entusiasmo: avvampa e si guarda attorno stupito, come a voler chiedere la solidarietà dei presenti per quel trattamento che non merita. Gattaccio gode a vederlo così, e continua a infierire.

"Con chi sei venuto qua?"

"Con... con i camerati di Ferrara, con il nostro Ras Italo Balbo..."

"Ah, bravo, bravo. E cosa ti aspettavi, venendo a Parma?"

Il malcapitato Monaldo scruta i camerati, che a loro

volta lo fissano aspettando di vedere come andrà a finire. È una tipica scena di nonnismo da caserma, e tutti vogliono divertirsi alle spalle del pivellino. Lui, per contro, sente di dover dimostrare di avere gli attributi: la prende come una sorta di prova da superare, sa che non può sottrarsi alla schermaglia.

"Mi aspettavo di lisciare il pelo ai sovversivi come abbiamo fatto a Ravenna e in tutta la Romagna. Perché io c'ero, con la colonna di fuoco di Balbo!"

Gattaccio annuisce e ostenta ammirazione.

"E qual è il ricordo più bello che conservi di quell'impresa, camerata Monaldo Parutini detto Aldo il Mona?".

I veneti presenti ridono più forte degli altri. Monaldo sporge il labbro inferiore e si mordicchia i baffi radi: è nervoso, e oltretutto è in pieno sole e fa un caldo boia. Si sforza di parlare senza che gli tremi la voce:

"Ce l'ho, eccome, un ricordo memorabile. Quando il Ras ha incontrato l'assassino di un nostro camerata e ci ha dato una lezione di generosità cavalleresca!".

Gattaccio si illumina. Guarda gli altri, e fa un'espressione esageratamente stupefatta.

"E raccontaci, no? Che aspetti?"

Monaldo Parutini si schiarisce la gola e si asciuga il sudore in fronte:

"Eravamo appena usciti da Ravenna, l'auto di Balbo precedeva la colonna, quando un camerata che era con lui ha riconosciuto un tizio che camminava sul ciglio della strada. Era nientemeno che il Rossi, il comunista che aveva ammazzato il camerata Aldino Grossi di Massafiscaglia! Non appena ci ha visti, il Rossi si è buttato nel fosso, ma gli siamo piombati sopra e lo abbiamo immobilizzato. Pensate, quel criminale aveva addosso due pistole e quattro bombe a mano!".

Gattaccio emette un fischio di apprezzamento, Monaldo non gli bada e prosegue:

"Allora lo abbiamo tirato a bordo e dalle parti di Cervia, dopo un passaggio a livello, lasciamo la strada principale e ci infiliamo dentro la pineta. A un certo punto Balbo fa fermare la macchina, e noi dietro, con l'autocarro, facciamo altrettanto. Il Rossi viene messo di spalle a un tronco, e Balbo lo interroga: 'Sei tu che hai ucciso quel povero ragazzo di Massafiscaglia?'. Niente, il comunista fa lo spavaldo e non risponde. 'Sei nelle nostre mani,' dice Balbo, 'abbiamo il diritto di fare di te quello che vogliamo, e noi dobbiamo vendicare il nostro camerata.' Be', il comunista, come se niente fosse, risponde tranquillo: 'Lo so, voi siete i miei nemici e io sono il vostro nemico, fate quello che dovete fare'. 'Guarda che ti ammazziamo,' lo incalza il Ras, 'perché se tu e i tuoi mi aveste trovato da solo, cosa mi avreste fatto?' E il comunista: 'Ti avremmo ucciso'. Aveva una bella faccia tosta, il tipo, e anche un bel coraggio da vendere, visto che stavamo per fucilarlo. Ma Italo Balbo ha detto, rivolto a noi: 'Questo qui sì che ha del fegato!'. Poi, al Rossi: 'Noi siamo dei combattenti, non degli assassini. Noi non ammazziamo un uomo inerme quando siamo in tanti e armati. Vattene via.' Ebbene sì, Balbo lo ha lasciato andare! Be', il comunista che fa? Mica se ne scappa a gambe levate, no! Sta lì, lo sbruffone, e dice: 'Vi ringrazio, ma in un caso simile io non farei altrettanto'. Siamo rimontati sui mezzi e quel disgraziato si è incamminato verso il mare. Vi rendete conto? Con dei capi come Balbo, gli italiani non possono non stare dalla nostra parte!".

Gattaccio alza gli occhi al cielo: si è stufato di giocare, e quel pivello tutto onore e ardimento gli sta dando sui nervi.

"Questa favoletta dei paladini senza macchia e senza palle dove l'hai sentita raccontare?"

Il giovane rovigotto ha uno scatto d'orgoglio:

"Non l'ho sentita raccontare! Io c'ero, l'ho vissuta!".

Gattaccio fa una smorfia nauseata.

"Oh, sì, tu c'eri... Puttanate! Io ho partecipato a tutte le spedizioni più importanti fin dal primo giorno, dalla prima ora, e certe cazzate non le ho mai viste né sentite! C'ero anch'io nel ravennate, e la colonna non si è mai fermata lungo la strada per tirare su uno stronzo e tantomeno ha imboccato un viottolo nella pineta!"

Monaldo Parutini ammutolisce e lo fissa con un misto di rabbia e timore. Gattaccio gli sbraita sulla faccia a pochi centimetri dalla bocca:

"Sai una cosa, Monaldino? Il 29 luglio, da Ravenna a Cesena, ho spaccato più denti e teste di cazzo che al mattatoio comunale. Ho bruciato tante case di rossi merdosi che la sera ero abbronzato, a furia di fiammate, e la notte ho sputato i polmoni per la benzina che ho respirato! Mezza Romagna ha fatto a meno dell'illuminazione pubblica, da quanti fuochi ho acceso. E sai un'altra cosa, pivellino di merda? Quelli come te, mi fanno cagare. Questa *è* una guerra, perdio! E come tutte le guerre, caro il mio signorino cocco di mamma, si fa sbudellando il nemico, sfondandogli il cranio, strappandogli le coratelle con le mani quando non hai più cartucce nel caricatore! I rossi vanno terrorizzati, altro che 'prego, si accomodi, noi siamo combattenti mica assassini', tutte cazzate! A quelli, se non gli spezzi l'osso del collo subito, ce lo spezzeranno a noi, perché sono figli di puttana quanto e più di noi! Hai capito, scemo?!".

Il giovane trema di indignazione, paura, vergogna, trema per tutti i motivi del mondo e non sa cosa fare. In quel momento, irrompe sulla scena Italo Balbo seguito dai capicenturia e dai gerarchi del suo "stato maggiore". Stanno rientrando all'albergo Croce Bianca.

"Be'? Che fate, branco di lavativi?!" urla Balbo. "I vostri camerati sono là a buscarsi il piombo dei sovversivi tentando di estirpare questo bubbone, e voi qui, a grattarvi la pancia. Avete forse annusato l'odore delle femmine parmigiane e quelle anziché darvela vi hanno sparato nel culo?"

Qualche risata echeggia intorno, ma l'occhiataccia inferocita del Ras di Ferrara zittisce tutti.

"Prendete subito i fucili e andate a fare il vostro dovere! Di munizioni ne avete avute anche troppe, adesso usatele!"

E così dicendo, dà un calcio al tascapane di Gattaccio, che rotola di mezzo metro lasciando spuntare qualcosa che luccica al sole. Balbo lo nota, si china, tira fuori l'oggetto: un candelabro d'argento. E poi una statuetta di bronzo. E poi una collana di perle...

I muscoli della mascella del Ras si contraggono spasmodicamente, le labbra si stirano fino a scoprire la dentatura e la mano scatta verso la fondina, ma un subitaneo ripensamento la richiama su. Un poderoso manrovescio si abbatte sulla faccia di Gattaccio.

Lo squadrista cremonese rimane impassibile, non abbassa lo sguardo e si sforza di non mostrare il minimo fastidio. Balbo si avvicina e gli sibila a pochi centimetri dal naso:

"Cosa stavi dicendo, a quel ragazzo? Quelli come te qua, quelli come te là... Apri bene le orecchie, coglione! I teppisti, i delinquenti, la schiuma che si attacca alla Rivoluzione Fascista come zecche, siete voi la zavorra che può trascinarci a fondo! Ma non dubitare, sapremo trovare a tempo debito l'insetticida giusto per certi parassiti!".

Gattaccio non dimostra la minima soggezione, ostenta un vago sorrisetto strafottente, e ribatte a voce bassissima, quasi un sussurro rauco:

"Complimenti, Ras. Sei bravo, tu, a prendertela con chi ti sta di fianco. Con quelli laggiù, invece... eh? Che mi dici?" e indica con il pollice l'Oltretorrente.

Balbo sta per dargli un altro ceffone, ma si ferma vedendo che il tipo non accenna neppure a coprirsi, anzi, continua a fissarlo negli occhi beffardo. Per un istante, Balbo sembra quasi ammirato dalla sfrontatezza dello squadrista. Che aggiunge:

"Non avevi il diritto di colpirmi. Farinacci mi conosce bene, lui sì che mi stima. E quando gli racconterò di te e della tua bravata, e soprattutto di come tu lo abbia sostituito *fulgidamente*, cioè mettendoti a leccare il culo a generali e prefetti, non credo che la prenderà nel migliore dei modi. Sai com'è fatto Farinacci, no?".

Balbo fa una risata fredda, sprezzante, esclama:

"Ah, nientemeno, adesso mi minacci di andare a piagnucolare dal Ras di Cremona?! Be', ascoltami, fantoccio: Roberto lo conosco anch'io, e tu non sei degno nemmeno di pronunciare il suo nome. In ogni caso, se proprio ci tieni a riferirglielo, sappi che se dovesse chiedermi spiegazioni gliele darò, dopodiché farai bene a scappare nel buco del culo del mondo, perché Farinacci odia fare brutte figure ed è spietato con chi lo sputtana" e indica il tascapane pieno di refurtiva.

I due si scrutano ancora per qualche secondo, poi Balbo gira sui tacchi e se ne va.

Gattaccio si passa il dorso della mano sulla guancia e guarda la traccia di sangue tolta all'angolo della bocca.

Monaldo Parutini è tentato di prendersi la rivincita ma è chiaro che Gattaccio vuole sfogarsi con qualcuno, e lui glielo legge in faccia, legge l'odio, la furia: e si allontana in silenzio.

Nel primo pomeriggio, anche il vescovo Conforti si reca da Balbo per tentare una mediazione.

Il prelato scende dalla macchina con autista davanti all'albergo Croce Bianca. Il picchetto di camicie nere saluta con un militaresco "presentatarm". Il vescovo ignora la messinscena ed entra.

Nell'ufficio adibito a centrale operativa, Italo Balbo lo aggredisce:

"Monsignor Conforti, ma vi rendete conto?! Dietro le barricate, a spararci addosso, ci sono anche preti e suore! Che razza di pastore sareste voi, che vi covate certe serpi in seno! Preti con il fucile imbracciato, ma dove s'è mai visto?!".

Il vescovo mantiene un tono pacato ma risoluto:

"Dubito fortemente che alcuni sacerdoti abbiano impugnato le armi, e tantomeno le nostre sorelle. Certo, qualche parroco dell'Oltretorrente si sarà sicuramente prodigato per i propri fedeli, ma le ripeto...".

Balbo lo interrompe dando una manata sulla scrivania:

"Prodigato per i propri fedeli?! Ma che state dicendo? Voi definite fedeli quell'accozzaglia di sovversivi senzadio e senzapatria?! Li ho visti io, i vostri preti rossi! State forse mettendo in dubbio la mia parola?".

È come se il vescovo non avesse sentito:

"Comunque sia, vi imploro di accettare la situazione. Se non vi ritirate, ci sarà un bagno di sangue. Di questo ne siete cosciente. L'odio produce odio, e dopo quattro giorni di violenze, tutto quello che avete ottenuto è di aver fatto aumentare il numero degli insorti dietro le barricate. Come cittadino, prima ancora che come vescovo, vi invito a essere realista".

Balbo, insofferente, sta per replicare, ma il vescovo continua:

"La realtà è questa: non avete vinto voi. Se vi ritirate, potrete dire di non aver perso. È l'unica via di uscita onorevole che vi rimane".

Balbo lo fissa, il vescovo sostiene il suo sguardo. Il Ras riflette a lungo, ma non sa cos'altro dire. Si sente in trappola, e ripensa alle parole del generale Lodomez: deve uscirne in qualche modo "salvando la faccia".

Pochi istanti dopo il vescovo esce dall'albergo, e il picchetto presenta le armi per la seconda volta. Monsignor Conforti alza le due dita unite e traccia una croce nell'aria con gesto frettoloso, che alle camicie nere sembra un segno di malaugurio più che un saluto benedicente.

Mentre in città stanno confluendo rinforzi militari – il 66° e il 36° fanteria, un battaglione di bersaglieri e gli alpini del Cadore –, i fascisti cominciano a smobilitare, avviandosi malconci ai camion o incolonnandosi lungo le strade.

Non cantano baldanzosi come quando erano arrivati, e molti sono i feriti.

Italo Balbo lascia l'albergo Croce Bianca. Nella hall, viene fermato da un signore anziano, distinto ed elegante, con bastone da passeggio e foulard al collo.

"Egregio signore! Sono il conte Anguissola. Siete voi che comandate queste orde di lanzichenecchi?"

Balbo lo squadra con un'espressione incredula.

"I vostri uomini mi hanno depredato la casa! Rivoglio i miei gioielli, i soprammobili, i soldi, tutto!"

Balbo alza gli occhi al cielo, sbuffa e allarga le braccia, si incammina verso l'uscita dicendo sbrigativamente al conte:

"Va bene, conte Vattelappesca, va bene. Sarete risarcito, parola mia!".

Il conte lo guarda allontanarsi e gli strilla dietro:

"Vergogna! Vergogna!".

Balbo entra nell'auto come una furia, sul sedile posteriore c'è già il suo attendente, a cui dice inferocito:

"Devi stilarmi un comunicato di condanna per le 'intemperanze', usa questo termine, e scrivici che 'deploriamo il gruppuscolo di male informati macchiatisi di eventuali devastazioni', concludi affermando che 'sono già state impartite severissime punizioni'. Chiaro?".

Il segretario annota frenetico sul taccuino.

L'auto si mette in marcia. Balbo aggiunge:

"Poi trovami quei figli di cane che hanno rubato nelle case: voglio spellarli vivi personalmente!".

Il Ras guarda dal finestrino i muri della città che scorrono via: "Città di merda! Città di merda!".

Pochi istanti dopo, due giovani in bicicletta sbucano da una viuzza, estraggono le rivoltelle e sparano contro la macchina. Balbo e l'attendente si chinano sul fondo, il fascista alla guida sterza violentemente e l'auto sbanda e striscia contro un muro. I due Arditi riprendono a pedalare e si dileguano. Da dietro accorre uno stuolo di camerati. Circondano la macchina. Balbo è visibilmente scosso.

“Ras! Tutto bene? Cos’è successo?”

Italo Balbo recupera la sua abituale freddezza:

“Niente di grave. Parma mi ha dato l’arrivederci”.

Poi getta un’occhiata ai fori di pallottola nella carrozzeria e nei vetri, si guarda intorno, e aggiunge a bassa voce:

“Perché ci rivedremo, Parma. Ci rivedremo presto...”.

Balbo non avrebbe rivisto Parma tanto presto come sperava. Anche perché, purtroppo, di lì a pochi mesi, sul finire d'ottobre, i fascisti fecero la marcia su Roma, e così Balbo dovette rimandare i suoi propositi di vendetta...

Ancora oggi non so, non capisco, come gran parte della sinistra poté essere tanto miope... Il Partito Socialista non comprese granché del fenomeno fascista, non ebbe la profondità di vedute per rendersi conto che si trattava di un movimento eterogeneo basato sul mito della forza, della sopraffazione, e che quindi non c'era alcuna via di dialogo possibile. L'Italia non poteva fare la vittima tirando in ballo le condizioni che in Germania avrebbero portato il nazismo al potere, e per giunta vincendo le elezioni, senza bisogno di colpi di stato camuffati da marce su Roma. Perché come sapete, in Germania fu soprattutto la politica irresponsabile di Gran Bretagna e Francia a sviluppare un sentimento di rivincita che sarebbe diventato un fiume in piena, alimentato dalla miseria, e il cieco accanimento delle sanzioni postbelliche umiliarono a tal punto i tedeschi da fornire palate di carbone alla fornace del nazionalismo. Ma l'Italia no, l'Italia era una "potenza vincitrice", e le speranze frustrate riguardavano interamente la sua classe padronale, incapace di creare i presupposti di una nazione al passo con la "modernità" e così priva di coraggio da aggrapparsi a un fascismo che avrebbe portato il paese alla rovina. Il paese, non loro: rimpinzati dalle commesse di guerra, i rozzi e pavidi imprenditori nostrani avrebbero continuato a ingrassare con le commesse della guerra prossima ventura, fornendo ridicoli carrarmatini di lamiera e scarponi con le suole di cartone, da El Alamein al Don, dal deserto alla steppa ghiacciata, la stessa robaccia, per poi tirare avanti, sempre ben pasciuti.

I dirigenti socialisti nutrivano la nefasta illusione che facendo concessioni si potessero limitare i danni e ottenere una qualche moderazione. Che follia: un movimento che sfrutta le più scellerate spinte irrazionali dell'animo umano e si alimenta di violenza, più spazio di manovra gli viene concesso e più violenza esercita. Lo squadrismo era il risultato di una ferale mistura di nazionalismo d'accatto e rivalsa sottoproletaria, cavalcata da arrivisti e apprendisti stregoni della politica, e i "padroni del vapore" colsero al volo l'occasione, ne intuirono l'essenza e la possibilità di convogliarne le energie. Agrari abituati al servilismo dei miserabili, industriali incapaci di sviluppare i propri interessi attraverso la trattativa e lo spirito d'iniziativa, piccoli proprietari illusi di conquistare finalmente un pezzetto di terra promessa, tutti smaniosi di porre fine agli scioperi e alle agitazioni, tutti abbagliati dal nuovo ordine imposto con il piombo e il fuoco. Il Partito Socialista avviò il suicidio della sinistra firmando il patto di pacificazione, senza voler capire che il fascismo non sarebbe mai sceso a patti, non avrebbe mai rispettato alcun impegno, perché conosceva un solo modo di avanzare: schiacciando gli avversari. Di fronte a una simile realtà, si poteva soltanto rispondere colpo su colpo fino a scompaginarlo e disperderlo. Gli unici momenti di crisi il fascismo li conobbe quando gli Arditi del Popolo contrattaccarono e colpirono più forte. Allora, avevamo avuto la chiara dimostrazione che non c'era altra via da seguire. Ragazzi, credetemi, ve lo dico con la mano sul cuore. Non c'è niente di esaltante nell'ammazzare un essere umano, e ci rendevamo conto che il rischio era arrivare a condividere il mito della violenza. Lo ribadisco adesso che sono ormai vecchio, che non ho anni di esperienza in più ma soltanto anni in meno da vivere, però ne ho viste tante da aver imparato che la passione e il coraggio non bastano a mutare il corso degli eventi. Ma davanti a una cancrena non si può prendere tempo e sperare che il dialogo la riduca alla ragione, la convinca ad accontentarsi di una sola porzione del corpo sano. Occorre intervenire duramente e spietatamente, prima che il male divori tutto. Gli Arditi del Popolo furono gli unici a capirlo, e agirono di conseguenza. Ma i partiti... Se i socialisti si illusero di praticare le normali vie della politica appellandosi a una firma sulla carta straccia, i comunisti furono altrettanto stolti da sconfessare gli Arditi per puro settarismo, anche se tanti comunisti, socialisti, repubblicani, una parte dei popolari, e persino i cosiddetti dannunziani, si unirono a noi. Gli anarchici furono forse i più coerenti e avveduti, peccato fossero troppo pochi. E che potevamo fare, avevamo contro tutto e tutti: polizia, carabinieri, esercito, certo, ma anche partiti e organizzazioni che sarebbero dovuti stare al nostro fianco. Oh, non si trattava di tentare la scalata al cielo, macché, no... Nessuna rivoluzione vagheggiata durante la guerra del '15-18 era possibile, ma schiacciare la testa allo scorpione prima che piantasse il suo veleno, quello sì, potevamo farlo. Ve lo ripeto: le uniche crisi profonde, il fascismo le attraversò all'indomani di dure sconfitte sul campo, di batoste ricevute da noi Arditi. Pensate un po', se il fascismo non fosse arrivato al potere, forse neanche Hitler ce l'avrebbe fatta, da solo, senza esempi e sostegni concreti in Europa. E in Spagna, Franco non sarebbe arrivato da nessuna parte senza gli armamenti, le munizioni, i finanziamenti e l'aiuto diretto delle truppe italiane, un aiuto molto più forte di quello nazista. E chissà, andando avanti con i se e i forse, niente guerra mondiale e campi di sterminio. Ve l'immaginate? Se ci avessero appoggiato permettendoci di scompaginare i fascisti battendoli nelle città e nelle campagne, facendo leva sull'unico punto debole che avevano, cioè il mito dell'invincibilità, tanti disastri non sarebbero mai avvenuti, e oggi non saremmo i sudditi di poteri e interessi altrui, oggi... magari non saremmo qui a piangere l'ennesimo morto ammazzato. Ma lo so, lo so, nien-

te storia con i se e i forse. E la storia la scrivono i vincitori. E i vincitori furono loro, non perché noi fossimo incapaci di sconfiggerli, ma perché ci ritrovammo soli, contro un nemico che rispettava soltanto chi lo bastonava più forte di quanto riuscisse a fare lui. La gente dell'Oltretorrente lo capì e lo mise in pratica. Se ogni altra città avesse fatto altrettanto, se Parma non fosse stata l'ultimo, estremo urlo dell'antifascismo in armi, cioè l'unica forma di opposizione concreta e cosciente della situazione reale, non ci sarebbe stata nessuna marcia su Roma.

Con Mussolini ormai al potere, anche Parma dovette cedere. Molti antifascisti se ne andarono in esilio per evitare le persecuzioni, per non fare la fine di Alberto Puzzarini, l'amico di Cieri che ammazzarono a tradimento nell'estate del '23. Certo, Mussolini preferiva sbattere in carcere o spedire al confino quanti non riuscivano a espatriare, tenendo a freno i suoi Ras più sanguinari che avrebbero continuato volentieri con le esecuzioni sommarie. Picelli, che era pur sempre un deputato, si trasferì a Roma, dove subì varie aggressioni e altri arresti. Nel novembre del 1923 il prefetto della capitale ordinò a questura e carabinieri di sorvegliarlo giorno e notte, e di fermare, identificare e perquisire chiunque lo frequentasse. Allora Picelli stava con la compagna che sarebbe rimasta con lui fino all'ultimo. Si chiamava Paolina Rocchetti, e la polizia, oltre che buttarle all'aria l'appartamento in cerca di scritti di Picelli, la fece licenziare dalla ditta dove lavorava andando dal padrone a dirgli che aveva assunto la "convivente di un pericoloso sovversivo". Che vigliaccata.

Picelli non credeva granché all'opposizione parlamentare, aveva chiesto l'iscrizione al Partito Comunista ma il partito non lo amava: a quei tempi era sotto la guida di Amadeo Bordiga, e Picelli non condivideva il suo settarismo dogmatico. Una scelta travagliata, anche perché il partito aveva rifiutato la sua adesione al primo tentativo. Poi, però, considerando il seguito di cui godeva tra i giovani, accettarono l'iscrizione. Picelli aveva chiaro fin dall'inizio quale fosse la strada da percorrere per fermare l'ascesa al potere del fasci-

smo, ma ormai era troppo tardi: l'organizzazione degli Arditi del Popolo messa fuorilegge, i combattenti dispersi, braccati dallo stato e abbandonati dai partiti della sinistra. E in quanto al suo ruolo di deputato, gli serviva soprattutto per tentare di difendere i detenuti politici, tenendo in vita come poteva il Soccorso Rosso e andando nelle carceri per verificarne le condizioni. Ma le autorità lo ostacolavano con ogni mezzo, se non bastavano le leggi speciali ricorrevano a metodi più sbrigativi. In quanto ai fascisti, le provocazioni non si fermavano neppure all'interno del parlamento, dove adesso sedeva anche Italo Balbo, l'onorevole Generalissimo della Milizia. Una volta, per esempio, nel maggio del '24, un gruppo di deputati fascisti aveva preso a inveire contro Picelli nel Transatlantico, e lui si era messo in guardia come suo solito, senza indietreggiare, anzi, preparandosi a colpire il primo che gli fosse capitato a tiro.

DAL CONFINO ALL'ESILIO

Nel Transatlantico di Montecitorio, Picelli è di spalle a un grande tavolo e fronteggia gli avversari, che si accalcano intorno minacciosi. Picelli ha un'espressione di sfida, dice in tono sarcastico:

"Bene! Dieci contro uno! È la vostra specialità, no?".

Un fascista, il più giovane del gruppo, gli chiede sprezzante:

"Saresti tu, allora, il *famoso* Picelli di Parma?".

"E perché me lo chiedi? Hai forse paura di fare la fine dei tuoi camerati a Parma un paio d'anni fa? Chiedilo al tuo caporione Balbo, chi sono e cosa faccio! Noi Arditi eravamo in seicento, solo seicento armati, e lui ne comandava almeno diecimila, di sbruffoni come voi, eppure se n'è dovuto andare con la coda tra le gambe!"

I fascisti inveiscono, qualcuno muove un passo avanti per aggredire Picelli, che a questo punto impugna a due mani l'immancabile bastone da "passeggio" come fosse una mazza e si tiene pronto a colpire. Nello stesso istante, echeg-gia una voce stentorea alle spalle degli aggressori:

"Camerati! Che diamine sta succedendo qui?!".

Tutti si voltano: Italo Balbo avanza a passi decisi, si fa largo scostando in malo modo i suoi *colleghi*, e giunto al cospetto di Guido Picelli esclama in tono sottilmente divertito:

“Picelli! Ci avrei scommesso... Quando c’è gazzarra, Picelli non manca mai!”.

“Sì, come no, gazzarra” sbotta Picelli sprezzante. “La vostra teppa non fa gazzarra: aggredisce soltanto quando è certa di essere almeno in dieci contro uno. Ma come voi *ben sapete*, non sono il tipo che si sottrae allo scontro.”

“Oh, lo so, Picelli, lo so. Siete un osso duro, e io rispetto gli avversari che si battono a testa alta!”

Picelli fa un cenno di sufficienza, quasi di scherno, commentando con la sola espressione del volto e un’alzata di spalle la frase di “virile rispetto” pronunciata da Balbo. Quest’ultimo, rivolgendosi ai suoi, aggiunge in tono severo:

“Se aveste un po’ di sale in zucca, imparereste qualcosa anche dal nemico, quando può insegnarvi cos’è il coraggio...”. Poi, fissando Picelli negli occhi ma continuando a parlare ai deputati fascisti, dice: “Perché Picelli è un uomo coraggioso, su questo non ci piove. I coraggiosi meritano rispetto, è chiaro? E anche se mi rammarico di vedere certi uomini stare dalla parte dei bolscevichi, io stringo la mano a quelli come Picelli...”.

Italo Balbo tende la mano. Picelli guarda la mano e poi Balbo negli occhi.

“Spiacente, dottor Balbo. So che siete diverso dalla marmaglia che vi circonda, a modo vostro avete un vago senso dell’onore, ma io non posso stringere la mano a chi sta dalla parte dei pescecani. E il vostro Duce, caro Balbo, per quanto blateri di rivoluzioni e si riempia la bocca con la parola ‘popolo’, è solo uno strumento della reazione padronale, un furbo politicante che sa come tenere i piedi in varie scarpe, comprese le vostre, quando gli fa comodo. *Signori*... arrivederci!”

E dopo aver accennato un saluto portandosi l’impugnatura del bastone alla fronte, Picelli si allontana lungo il Transatlantico.

Balbo resta a fissarlo mentre, a passi lenti, se ne va dando le spalle al manipolo di fascisti.

In effetti, Balbo si distingueva dalla peggiore teppaglia. Anche ai tempi delle spedizioni punitive, della messa a ferro e fuoco di cooperative e camere del lavoro, ci teneva a ostentare un comportamento a suo modo "cavalleresco", vantandosi di essere un ufficiale in congedo degli alpini, prima che il feroce Ras di Ferrara. Nel '24 aveva ormai dismesso i panni del facinoroso sempre pronto a scatenare scontri e indossato la divisa da Generalissimo della Milizia. Era una divisa addobbata di medaglie vere e fasulle, croci di guerra in ricordo della trincea accanto a patacche da Quadrumviro, cioè da "eroe" di una marcia che lo aveva portato fino a Roma soltanto perché quel tragico fantoccio del *Re di Coppe*, Vittorio Emanuele III, si era rifiutato di decretare lo stato d'assedio e aveva subito affidato a Benito Mussolini l'incarico di formare un nuovo governo, convinto che le camicie nere fossero il migliore antidoto al "disordine sociale". Dall'incondizionato appoggio alla dittatura fascista avrebbe avuto in cambio la corona di imperatore d'Etiopia e re d'Albania, con le immagini dell'epoca che lo mostravano gongolante di fronte al ciarpame dei cerimoniali intrisi di una retorica involontariamente comica, per poi passare direttamente nell'immondezzaio della Storia con la vile fuga a Brindisi l'8 settembre del 1943, quando abbandonò l'esercito italiano in balìa delle rappresaglie tedesche.

Balbo, tutt'altro che accondiscendente verso le mascherate di regime e le parate scenografiche, sembrava però apprezzare quella divisa da generale di cartapesta, perché in fin dei conti era stato lui a trasformare le bande di tagliagole in Milizia Nazionale, sebbene lo si vedesse sempre più spesso in eleganti completi confezionati dai migliori sarti della capitale. Spirito schietto, sì, ma pur sempre vanitoso e non immune alla boria che imperversava nelle alte sfere del potere, Balbo si era dato una bella mano di vernice brillante, sotto cui celava il fango di tante imprese scellerate compiute dai suoi camerati, che comunque non badavano granché agli ammonimenti dell'ex Ras divenuto generale e futuro Maresciallo dell'Aria. Poco più di un anno dopo, nel novembre del '25, i deputati fascisti organizzarono un vero e proprio pestaggio contro gli "onorevoli colleghi" comunisti rimasti soli e in numero sparuto: Picelli si difese come poté, ma erano in troppi e per poco non finì all'ospedale. Tutto questo accadeva in piena camera dei deputati, in un parlamento ormai privo di qualsiasi peso politico e svuotato delle sue funzioni. Non era più possibile opporre alcuna resistenza appellandosi alle istituzioni. Le leggi, del resto, le facevano e disfacevano i gerarchi a loro piacimento. Nel '26 vennero emanate le cosiddette "leggi speciali" per reprimere ogni forma di opposizione, e anche Picelli fu spedito al confino. Lo mandarono prima a Lipari e poi a Lampedusa: sarebbe rimasto laggiù per sei anni. Paolina Rocchetti lo seguì, e nel '27 decisero di sposarsi, a Lampedusa. Intanto, Picelli non si rassegnava e organizzava tentativi di evasione. Lui non riuscì ad andarsene dall'isola, ma favorì la fuga di altri, come Carlo Rosselli, Emilio Lussu, Fausto Nitti. Picelli pagò di persona finendo nuovamente in carcere per un breve periodo. Poi, nel 1931, terminata la condanna al confino, si dedicò alacremente a trovare una maniera per espatriare. Non si trattava *soltanto* di rischiare il carcere e la vita stessa: la lotta contro il regime significava pagare il caro prezzo di vedere arrestate e perseguitate tutte quelle persone che gli offrivano appoggio e solidarietà. Gli affetti erano più esposti alla vendetta che i complici consapevoli. Così, aiutato da pochi amici fidati, Picelli riuscì finalmente a riparare in Francia.

Picelli non sarebbe più tornato.

Una volta in Francia continuò, senza rassegnarsi al silenzio dell'esule, a fare attività politica, tanto che venne espulso e rientrò clandestinamente più volte, dal Belgio. Finché non decise di andare a Mosca, sempre con la moglie Paolina al fianco, verso la fine dell'estate del '32. Sperava di poter dare il proprio contributo alla costruzione di quella che rappresentava la più grande speranza per gli oppressi del mondo intero: l'Unione Sovietica. Qualcosa che non funzionava nel verso giusto si intuiva, ma a quei tempi le notizie non arrivavano facilmente dalla lontana Russia, e poi c'era la propaganda di regime, e soprattutto il nostro bisogno di credere che almeno laggiù un sogno si stesse realizzando. Per milioni di sfruttati l'Unione Sovietica non era soltanto un mito, ma anche una fonte di consolazione: si masticava amaro, si ingoiava fiele, si sopportavano umiliazioni e persecuzioni, però c'era sempre quella grande speranza accesa, a rischiarare il buio. Certo, gli anarchici soffiavano sulle braci della delusione e raccontavano di Kronstadt, la piazzaforte sul Baltico con i leggendari marinai della base militare che nel 1917 erano stati definiti "onore e gloria della rivoluzione", insorti contro la tirannia zarista assieme agli operai della vicina Pietroburgo. Nel '21, il malcontento per l'accentramento dei poteri, per la miope condotta dei bolscevichi che non accettavano critiche reagendo con l'immancabile accusa di essere manovrati da "agenti stranieri", tutto ciò unito alla fame che rendeva la situazione insostenibile e ai soprusi dei commissari politici, portarono gli abitanti e i marinai di Kronstadt a ribadire la parola d'ordine della rivoluzione: "Tutto il potere ai soviet", cioè decisioni prese assemblearmente dai soviet, dai consigli, non calate dalle alte sfere. La loro protesta venne stravolta e spacciata per una cospirazione di provocatori al servizio delle potenze occidentali, gli anarchici presenti in gran numero nella piazzaforte furono bollati come nemici della rivoluzione, e Trockij ordinò all'Armata Rossa di schiacciare la rivolta. Fu un bagno di sangue, e i marinai veterani della lotta contro le armate bianche zariste vennero fucilati mentre urlavano "Viva la rivoluzione mondiale", "Viva l'Internazionale". Tanti anni dopo Trockij, a sua volta vittima dello stesso mostro, definì quella repressione sanguinosa "un'atroce necessità", mentre lo scrittore Victor Serge, il vecchio rivoluzionario che in realtà si chiamava Kibalcic, quando si ritrovò anche lui esule a Città del Messico non volle mai incontrare l'amico di un tempo perché non gli perdonava l'eccidio di Kronstadt. È probabile che Picelli avesse sentore di tutto ciò, se non informazioni precise, ed era anche per questo che spendeva tutte le sue energie contro le divisioni e i cannibalismi, continuando a credere che gli ideali potessero correggere la "pratica".

In Russia, data la sua esperienza, si mise a insegnare nientemeno che "strategia e tattica militare", e addirittura ad addestrare altri esuli italiani che conobbe là. Ma ritrovò anche il vecchio amore mai sopito per il teatro: riuscì persino a mettere in scena una rievocazione delle giornate di Parma. Be', il problema fu che i "barricadieri" finivano per menare sul serio i malcapitati compagni a cui toccava recitare la parte dei fascisti. Durante le prove Picelli si sgolava raccomandando che le botte dovevano essere "realistiche" ma non "reali". Niente, anche la sera della prima, in un teatro di Mosca, finì che i poveri "squadristi" improvvisati si presero una scarica di calci e pugni, tanto che Picelli a un certo pun-

to salì sul palco a calmare gli animi, e ci fu un applauso fragoroso, una vera apoteosi. Però, a parte quei momenti, dovete pensare al clima che nel 1933 si viveva a Mosca. Stalin si apprestava a scatenare la repressione contro qualsiasi forma di opposizione interna, che avrebbe raggiunto il culmine dopo l'uccisione di Kirov, nel '34, usata da Stalin come pretesto per le grandi purghe. Il sogno si stava trasformando in incubo e Picelli... be', in ogni discussione, anche la più intima con pochi compagni fidati, continuò a tentare di salvarlo, quel sogno, non si lasciò andare mai allo sfogo che gli gonfiava il cuore per tutti gli errori, e gli orrori, cui stava assistendo.

E infine, nel luglio del 1936, in Spagna scoppiò la guerra civile, quando i militari capeggiati da Francisco Franco tentarono di rovesciare il governo repubblicano. Picelli non ebbe esitazioni: lasciò la Russia, raggiunse Parigi, dove sarebbe rimasta Paolina, e da lì, andò in Spagna.

Si ritrovarono in tanti, laggiù. Qualcuno che era scampato alla repressione dopo le barricate di Parma, raggiunse la Spagna con qualsiasi mezzo, persino a piedi...

COMANDANTE ANTONIO, COMANDANTE GUIDO

Antonio Cieri arrivò dalla Francia, dove aveva dato vita a giornali puntualmente smantellati dalle autorità d'Oltralpe. Aveva lasciato Parma nel '25, quando ormai rischiava di essere arrestato, sebbene fosse riuscito a sfuggire alla dura repressione dei primi tempi. Nel dicembre del '23 aveva sposato la compagna della sua vita, Cleonice Garulli, e un anno dopo era nato il primo figlio, Ubaldo. Ma la loro situazione diventava sempre più difficile, lui era stato licenziato dalle ferrovie e la povertà si aggiungeva alle persecuzioni poliziesche: riparare in Francia rappresentava l'ultima speranza di sopravvivenza. Nel 1928, nel sobborgo di Parigi dove erano andati ad abitare allora, era nata la secondogenita Renée. In quegli anni Cieri aveva stretto un'amicizia profonda con Camillo Berneri, il grande letterato anarchico, un fine "pensatore", come si diceva allora, un intelletto scomodo a tutti i regimi totalitari, al punto che sarebbe stato vilmente assassinato da sicari stalinisti durante la guerra di Spagna. Antonio e Cleonice erano una coppia unita dall'amore, dalle passioni sociali, dalla comune militanza libertaria, e affrontavano le vicissitudini di un'esistenza da esuli in ristrettezze economiche con esemplare serenità; la loro modesta abitazione a Romainville era frequentata da tanti altri "compagni di sentieri in comune e comune sentire". Cleonice morì nel maggio del '36, e per Antonio fu un colpo durissimo. Da lì a poco la partenza per la Spagna dopo aver affidato i figli, Ubaldo di dodici e Renée di otto anni, alla moglie di Berneri, Giovanna Caleffi, e alla loro figlia Giliana.

La sua formazione, a cui aderiva Carlo Rosselli e che comprendeva anche militanti di altre fedi politiche, comunque unite dall'antistalinismo oltre che dall'antifascismo, venne ribattezzata Colonna Rosselli. Rosselli rientrò in Francia gravemente malato, e qualche tempo dopo i sicari fascisti lo uccisero assieme a Nello, suo fratello. Cieri, allora, venne eletto comandante della Colonna. Tra quei combattenti vigevano regole democratiche che nessun esercito ha mai adottato: per esempio i gradi si assegnavano assemblearmente, su decisione collettiva e la disciplina, elemento vitale in un conflitto di tali proporzioni, era rispettata quanto e più di come accade in un esercito regolare.

Nel settembre del 1936 il "Comandante Antonio" guidò i suoi combattenti nell'avanzata verso Huesca, dove avrebbero attaccato linee fortificate e difese da batterie da campagna micidiali, supportate da nidi di mitragliatrici e postazioni di mortai. I falangisti li accolsero gettando oltre le mura i cadaveri di una trentina di oppositori fucilati per rappresaglia, mentre accanto all'entrata del cimitero avevano abbandonato altri corpi di sventurati uccisi sotto tortura: se volevano usarli come deterrente per terrorizzare gli attaccanti, ottennero il risultato opposto. Ma per quanto impeto ci mettessero negli assalti, il fuoco incrociato delle mitragliatrici e la pioggia di granate rendeva impossibile espugnare le fortificazioni. Tra gli altri, in quella battaglia cadde anche Bruno Gualandi, antifascista bolognese amico dell'anarchico Vindice Rabitti, entrambi al fianco di Cieri, che in quei giorni capeggiò le azioni contro il forte di San Jorge. Poi, in novembre, ci fu la battaglia di Almudevar. Cieri comandò l'azione più incisiva, riuscendo a occupare la stazione ferroviaria e ad attestarsi nella zona urbana, ma non arrivarono i rinforzi necessari a consolidare le posizioni e, quando i falangisti contrattaccarono in forze, impiegando contingenti di mercenari marocchini, il reparto di Cieri inflisse loro gravi perdite prima di ripiegare in buon ordine su una linea maggiormente difendibile. In molti casi gli scontri avvennero alla baionetta, furiosi corpo a corpo, casa per casa. Malgrado la mancata vittoria di Almudevar, che la formazione di Cieri aveva reso possibile, si ottenne comunque l'importante risultato di alleggerire la pressione su Madrid, che Francisco Franco aveva boriosamente promesso di conquistare entro il Natale del '36. A Barcellona la Generalitat della Catalogna, il governo della regione autonoma, aveva notato le doti del Comandante Antonio, e gli venne proposto di addestrare una brigata di "bomberos", assaltatori specializzati nell'uso delle bombe a mano per espugnare trincee fortificate. Con i suoi "bomberos", Cieri tornò al fronte per partecipare all'offensiva del Carrascal, nel marzo del '37. Sempre in prima linea, avanzando immancabilmente alla testa degli assaltatori, coerente nel non chiedere mai a nessuno ciò che lui stesso non fosse in grado di fare, Antonio Cieri spronò i suoi alla conquista di Becha il 7 aprile 1937; stava conducendo un manipolo di "bomberos" verso la sommità di un monte in mano ai falangisti, quando cadde colpito alla testa.

Cieri morì mentre incitava i suoi a non indietreggiare di un passo. "Dal Naviglio non si passa", aveva detto nel '22. "No pasarán", era il motto degli antifranchisti spagnoli.

"Hanno ammazzato Tonino!" La voce si sparse sul fronte e nelle retrovie, arrivò fino a Barcellona, e qualche tempo dopo anche qui da noi, tra la gente dell'Oltretorrente, costretta al silenzio ma mai domata. Uomini e donne temprati da tante sofferenze, da innumerevoli dolori e delusioni, scoppiavano a piangere come bambini sentendo la notizia. Era morto Tonino, "al ross", "al cmandànt" del Naviglio, dove nessuno lo considerava un "forestér", dove molti lo piansero come sangue del proprio sangue, un fratello indimenticabile.

Guido Picelli, che non riuscì a rivedere Cieri in Spagna, morì qualche mese prima di lui. Dopo aver addestrato al combattimento trecento miliziani nella base di Albacete, diventò vicecomandante del Battaglione Garibaldi, guadagnandosi subito la stima dei volontari con quei suoi modi schietti e affettuosi. Era energico, determinato, qualcuno lo definiva spericolato, forse si esponeva troppo per essere un comandante, perché in pratica aveva assunto la guida generale delle azioni in combattimento e spettava a lui sia coordinarle che condurre i miliziani all'attacco, ma era proprio per questo che lo adoravano, che lo avrebbero seguito ovunque. Con lo stesso impeto del '22, capeggiò gli assalti che portarono alla riconquista di Mirabueno, sorta di fortezza naturale sulla cima di una rupe, raggiunta avanzando sotto un intenso fuoco di sbarramento. Poi fu la volta di Algora, dove vennero spazzate via le ultime sacche difensive rimaste nei boschi di Mirabueno, e infine Almadrones, sul fronte di Guadalajara, prima tappa dell'offensiva lungo la strada per Sigüenza, assieme al battaglione di volontari polacchi unitosi ai reparti di Picelli. Era impressionante vedere le compagnie muovere all'attacco in maniera sincronizzata, perfettamente coordinate dal Comandante Guido, che dopo aver impartito le direttive di manovra prendeva la testa dei reparti avanzati e travolgeva le difese nemiche. Ogni giorno una nuova vittoria, e si riposò soltanto il 4 gennaio, quando i combattenti, stremati, organizzarono un banchetto con i pacchi dono natalizi inviati da Franco alle truppe e trovati in grandi quantità nella Mirabueno liberata. Faceva rabbia vedere tutto quel bendiddio che, chissà per quale motivo, non era ancora stato distribuito ai soldati falangisti: quelli avevano a disposizione mezzi e rifornimenti a getto continuo, tanto da potersi permettere di sprecarli. Ma quella notte ci fu una bella festa, alla faccia dei militari fascisti, e Picelli la trascorse tra i suoi combattenti, tra i nuovi Arditi del Popolo tornati a rispondere colpo su colpo e finalmente passati al contrattacco. Rimase fino all'alba, a raccontare le mille peripezie della sua vita con frequente ironia, senza prosopopea, senza mitizzare nulla, ma ridendoci sopra, trovando in ogni dramma lo spunto per una nota di allegria, qualche aneddoto esilarante, e quegli uomini reduci da imprese sanguinose e con un tragico futuro davanti, avevano proprio bisogno di passare almeno una nottata serena, sciogliendo i nervi in risate liberatorie.

Al mattino lo salutarono nella piazzetta del paese. Guido Picelli partiva al comando della prima e della seconda compagnia per la conquista di un punto strategico, Quota 1044, di vitale importanza per il proseguimento dell'offensiva. Stava capeggiando l'attacco alle alture di Aragosa, quando cadde il 5 gennaio 1937.

I funerali, a Barcellona, si trasformarono in un immenso corteo antifascista, a cui parteciparono rappresentanti di tut-

te le Brigate Internazionali, combattenti venuti da innumerevoli paesi del mondo. A Parma, la notizia venne appresa ascoltando di nascosto Radio Barcellona, e nell'Oltretorrente cominciò a circolare una sua foto stampata clandestinamente in centinaia di copie, mentre la polizia si dannava per intercettarle, sapendo quanto dolore e rabbia si stessero diffondendo in città.

Nel carcere di Bologna, dove erano rinchiusi numerosi antifascisti, venne tracciata una grande scritta sul muraglione del cortile: "Viva la Spagna rossa. Compagni, ricordate Picelli".

“E BALBO?”

I giovani alla tavolata, nell’osteria dell’Oltretorrente, restano in silenzio. Il vecchio Ardito del Popolo alza il bicchiere, quasi brindasse alla memoria dei suoi compagni. Poi, beve l’ultimo sorso di vino, imitato dagli altri.

Un ragazzo chiede:

“E Balbo...? È vero che lo hanno fatto fuori i suoi?”.

Il vecchio annuisce, con un’espressione incerta.

“Be’, ufficialmente, per *sbaglio*... Vedete, Italo Balbo era diventato così famoso nel mondo intero, da fare ombra al suo Duce. Aveva compiuto una serie di trasvolate atlantiche tra il ’29 e il ’33, guidando una formazione di idrovolanti prima a Rio de Janeiro e poi a New York, ottenendo onori e glorie che al fascismo facevano comodo per ripulirsi la facciata, ma a Mussolini bruciava troppo che il Ras di Ferrara fosse diventato una celebrità, praticamente l’unico fascista che godesse di fama internazionale, mentre il resto di quella marmaglia era tutt’al più famigerata. I contrasti aumentarono, anche per l’indole di Balbo, che come abbiamo visto non si teneva dentro niente e non amava le doppiezze del potere. Certo che aveva una bella faccia tosta, il Balbo: per esempio, quando arrivò a Odessa al termine della trasvolata dal Mediterraneo al Mar Nero, prima ascoltò impettito l’*Internazionale* suonata dalla banda dell'Armata Rossa, e poi dichiarò di ammirare la disciplina dei comunisti sovietici. Be', il Duce ingoiò facilmente il rospo perché l'Italia ottenne da quella bella impresa la vendita di trenta idrovolanti all'Unione Sovietica. I soldi non puzzano e non hanno colore, no? Comunque, quando Mussolini trascinò l'Italia in guerra, Balbo annunciò ai quattro venti che era fermamente contrario, così, per allontanarlo, venne trasferito in Libia a fare il governatore della Quarta Sponda, come la chiamava il regime, da dove prese a inviare rapporti sempre più scomodi sull'impreparazione delle truppe e sulla scarsità dei mezzi, insistendo sul fatto che l'Italia non doveva partecipare a quell'avventura scellerata. Oh, quando si dice il caso: un bel giorno, nel giugno del '40, Balbo annuncia al segretario personale che intende andare a Roma a scatenare uno scandalo. L'indomani, mentre sta per atterrare a Tobruk ai comandi del suo aereo, la contraerea italiana lo centra in pieno, e questo subito dopo un'incursione inglese durante la quale non era stata sparata una sola cannonata! Ma chissà com'è andata veramente. Non lo sapremo mai. Ricordo che, dopo la guerra, mi documentai per cercare di capire se l'ipotesi di un complotto fosse plausibile, e un dettaglio mi ha sempre lasciato nel dubbio: Balbo pilotava un Savoia Marchetti 79, il cosiddetto Sparviero, un bombardiere a tre motori, mentre tutti i velivoli alleati ne avevano due o quattro, mai tre. Insomma, l'addestramento degli artiglieri antiaerei consiste in massima parte nel riconoscere i velivoli a distanza, e il trimotore Sparviero era assolutamente inconfondibile, per di più stava volando a bassa quota apprestandosi ad atterrare. Per contro, vi sembra possibile che un complotto coinvolga una batteria antiaerea? Sarebbe troppo complicato. Comunque siano andate le cose, Balbo era una personalità molto scomoda, detestava Hitler ed era talmente stimato negli Stati Uniti e in Inghilterra, che l'indomani della sua morte un aereo inglese lanciò dei volantini su Tobruk che esprimevano il rammarico del comandante delle forze aeree alleate per la fine di un 'valoroso che il fato aveva voluto nella parte avversa', più o meno diceva così, il testo. Ah, la stessa contraerea, non sparò un colpo neanche a quell'aereo inglese. Ci resta a eterna memoria la frase pronunciata dal Duce quando gli riferirono che Balbo era stato abbattuto. Il suo necrologio fu: 'È morto l'unico che sarebbe stato capace di uccidermi'."

PUNIRE PARMA?

> Solo i morti hanno visto
> la fine della guerra.
>
> PLATONE

Italo Balbo non si era rassegnato a subire lo scorno di quella cocente sconfitta. Tra la fine di settembre e l'inizio di ottobre, aveva approntato un piano per tentare una seconda invasione di Parma, che prevedeva un'azione fulminea, più da commando che da esercito dispiegato in forze, finalizzata a occupare l'Oltretorrente, evacuarlo in fretta e furia e incendiare interi quartieri, e considerando che l'evacuazione sarebbe stata impossibile da attuare, data l'immancabile reazione degli abitanti, c'era da credere che, se avesse ottenuto il via libera da Mussolini, si sarebbe trattato di un'incursione da piromani contro le abitazioni degli odiati sovversivi, con un immane numero di vittime in più. Il futuro Duce, però, stava elaborando ben altri piani, e richiamò Balbo a Milano per nominarlo Quadrumviro della Marcia su Roma e garantirsi l'appoggio delle sue schiere, fondamentale nella lotta intestina con i gerarchi contrari al colpo di mano. Per di più, Balbo si vantava di avere un funzionario di fiducia all'interno del ministero della Guerra che gli forniva in anticipo gli ordini diramati all'esercito regio. Ma non ce ne sarebbe stato bisogno: il re in persona avrebbe garantito il successo dell'impresa.

Balbo si era comunque tolto una soddisfazione durante la preparazione del piano: "Convenientemente travestito, mi sono procurato la piccola emozione di vivere qualche ora nei loro covi".

L'aggettivo "piccola" lo aveva aggiunto sul diario riveduto e corretto – e censurato dal Duce in più punti – a vari anni di distanza dagli eventi. Conoscendone l'ego smisurato, aggirarsi per l'Oltretorrente, sfidando il timore di essere riconosciuto e dimostrando a se stesso che anche da solo poteva sfoggiare un coraggio invidiabile, quella fu per lui un'emozione forte, enorme, di cui vantarsi nero su bianco in un libro da pubblicare e diffondere.

Riguardo alla pretesa di punire Parma, Giuseppe Stefanini, uno dei pochi fascisti del parmense ad aver partecipato agli eventi dell'agosto 1922, pubblicò a distanza di un anno una "cronistoria" delle giornate dal punto di vista di chi era ormai al potere, dove comunque non risparmiava feroci accuse ai camerati del luogo:

"In quei momenti terribili molti fascisti di città non risposero al nostro appello, squagliandosi o allegando un'infinità di scuse per esimerci dal loro dovere".

Nel suo resoconto le donne dell'Oltretorrente erano tutte "laide megere", mentre sulla sconfitta subita Stefanini rifiutava di considerarla tale e affermava:

"È puerile cianciare ancora oggi di imprendibilità dei rioni fuori legge. Se fosse stata nostra ferma intenzione penetrare a qualunque costo nei covi sovversivi, le barricate avrebbero ben poco arginato l'impeto delle nostre arditissime Camicie Nere. Che importa se a ogni sbocco di via si ergevano barricate fortemente difese?! Che importa se qualche borgo era minato e se le donne ci avrebbero accolto col vetriolo e l'olio bollente?! Che importa se le più feroci insidie erano state, con diabolica arte, fucinate ai danni nostri? Ammesso pure in dannata ipotesi che le nostre prime file venissero decimate, chi avrebbe arrestato le altre enormi forze di rincalzo? Quale barricata avrebbe potuto resistere al fuoco di numerose mitragliatrici e della flottiglia aerea che noi tenevamo in serbo? Le nostre perdite in un primo tempo, lo ripetiamo, sarebbero state gravissime; vogliamo pure ammettere – stando alle minaccie di certi agitatori comunisti – che intere borgate fossero saltate in aria con le squadre fasciste, ma che sarebbe poi avvenuto allorché i nostri rincalzi, deliranti – naturalmente – di odio e di vendetta, fossero riusciti, mediante le teste di ponte, a penetrare nei borghi? Certamente, la strage più orrenda che la storia umana possa registrare, avrebbe tramutato l'Oltretorrente in un immane cimitero".

A parte qualche sgrammaticatura e il tono trionfalistico di chi apparteneva allo schieramento che aveva in pugno le sorti del paese, Stefanini, pur avendo ammesso all'inizio la "codardia" di tanti camerati, non prendeva in considerazione un dato di fatto: quando gli squadristi avevano tentato di sfondare le barricate attaccando in numero enormemente superiore a quello dei difensori, erano bastate le prime scariche di fucileria a scompaginare le loro file, e già al terzo giorno di assedio la maggior parte delle camicie nere si rifiutava di andare all'assalto sotto il fuoco degli Arditi, con un misto di stupore e collera per il rifiuto dell'esercito di fare il "lavoro sporco" usando mezzi blindati e artiglieria. Certo, se fossero passati, l'Oltretorrente sarebbe diventato davvero un "immane cimitero" e probabilmente oggi non avrebbe lo stesso aspetto di allora: l'incendio delle case, tutte contigue a formare vie e borghi, e il successivo scenario di macerie fumanti, sarebbe stato un dono per i futuri architetti del regime incaricati di trasformare Parma Vecchia in un esempio di urbanistica "littoria". Chiunque ami l'odierna bellezza di Parma, dovrebbe rivolgere un pensiero di ringraziamento ai difensori dell'Oltretorrente anche per questo aspetto non secondario.

Resta incerta l'asserzione di Stefanini sulla presunta "flottiglia aerea" pronta a bombardare e mitragliare i borghi: sappiamo che Balbo era già allora un convinto assertore dell'importanza strategica dell'aviazione nei conflitti a venire, ma nessun altro accenna a velivoli tenuti in serbo per Parma. Considerando il volume di fuoco impiegato, con almeno diecimila pallottole sparate al giorno, è presumibile che se ci fosse stata una squadriglia al comando di Farinacci, questi l'avrebbe lanciata sicuramente fin dall'inizio; se invece era stata una "risorsa" messa a disposizione da Balbo, è probabile che lui avesse preferito obbedire agli ordini perentori di Mussolini che non voleva devastazioni e tanto meno un bombardamento sulla popolazione civile.

Tornando alla "cronistoria" di Giuseppe Stefanini, dopo aver speso un'intera pagina a garantire che l'Oltretorrente era rimasto in piedi solo grazie a un "alto spirito patriottico" dimostrato dai fascisti, che rifiutarono, a suo dire, il "gorgo di sangue", concludeva, con malcelato rammarico, che i sovversivi avrebbero meritato di "essere appesi col capo in giù a qualche lampione"...

Una frase di inquietante sapore profetico alla rovescia, perché ventitré anni dopo sarà qualcun altro a penzolare a testa in giù. Anche se, va ribadito senza mezzi termini, un movimento di liberazione non potrà mai andare fiero e orgoglioso del linciaggio di un cadavere, specie se a sputare su quel corpo saranno tanti che, nel '22 come negli anni successivi, erano rimasti nell'ombra tirando a campare, o magari imprecando a bassa voce, atteggiamento tipico degli *indifferenti*, di chi al momento di lottare per mutare il corso degli eventi non ha trovato il coraggio di battersi in difesa dei propri diritti, come invece avevano fatto le genti dell'Oltretorrente. Quelle donne e quegli uomini sì che avrebbero potuto andarne fieri e orgogliosi fino all'ultimo dei propri giorni.

Il generale Lodomez ci avrebbe messo appena un paio di mesi ad adeguarsi al "corso degli eventi". Alla vigilia della Marcia su Roma, giunsero a Parma direttive da Roma di consegnare nelle caserme la "forza pubblica"; un manipolo di soli cinquanta fascisti poterono così occupare la prefettura e la questura, ai quali avrebbero di lì a poco dato manforte quattro *coorti* di almeno duemila uomini venuti dalla provincia e da altre città, dopo che i rastrellamenti e gli arresti delle settimane precedenti avevano reso impossibile organizzare qualsiasi resistenza antifascista. Inoltre, un nuovo "patto di pacificazione" era stato stipulato dai socialisti del parmense con i fascisti locali, che aveva influito ulteriormente sulla smobilitazione forzata degli Arditi; il suo valore concreto sarebbe stato dimostrato dall'occupazione della città e dei centri limitrofi da parte delle squadre che si preparavano a marciare sulla capitale. A quel punto fu il generale Lodomez, di indubbia fede sabauda, ad assumere i poteri di ordine pubblico, emanando un decreto che imponeva alla cittadinanza di collaborare con gli occupanti e vietava assembramenti, proteste e atteggiamenti ostili. Mussolini era stato categorico: non voleva spargimenti di sangue, la Marcia doveva risolversi in una grande dimostrazione di forza disciplinata e guai a chi si fosse abbandonato a vendette e saccheggi. A Parma i fascisti si limitarono, per quell'occasione, a chiudere le osterie considerate "covi sovversivi" e a illuminare con i riflettori l'Oltretorrente durante la notte, per "costringere i rossi a restarsene rintanati". I cecchini erano del resto pronti a colpire chiunque si fosse avventurato per i borghi.

In quanto a Roberto Farinacci avrebbe tentato di scrollarsi di dosso l'antica fama di imboscato partecipando alla campagna in Africa Orientale, per conquistare il cosiddetto "posto al sole". Ma ottenne il risultato di peggiorare la propria immagine di indomito condottiero: a pochi giorni dall'arrivo in Etiopia, perse la mano destra per l'esplosione di una bomba, e non fu per un gesto eroico, anzi: da inesperto quale era, stava gettando granate d'assalto in un lago per rifornire la mensa ufficiali di pesce fresco. Tornato in Italia, continuò a creare grattacapi al Duce, e allo scoppio della Seconda guerra mondiale manifestò uno smodato entusiasmo, scontrandosi violentemente con i settori più moderati del fascismo che erano riluttanti a coinvolgere il paese nel conflitto. Più tardi, quando la guerra tanto agognata cominciò a trasformarsi in un disastro ineluttabile, si recò in Germania giusto per assistere da lontano all'arresto di Mussolini. Ed ebbe l'ardire di manifestare l'acceso livore contro il Duce sostenendo che si sarebbe meritato anche di peggio: Hitler reagì in malo modo, ritenendolo un rinnegato, e lo cacciò via senza tanti riguardi. Rientrò a Cremona e spese tutte le sue energie residue a lanciare accuse di tradimento a destra e a manca finché, con la Repubblica Sociale ormai allo sfacelo, il 27 aprile lasciò la città con una colonna di fedelissimi, diretto in Valtellina, l'ultima ridotta considerata difendibile per la posizione geografica. Con inspiegabile imprudenza, si allontanò dalla scorta per accompagnare la segretaria in un paese vicino, e la sua auto finì dritta in un posto di blocco dei partigiani, che aprirono il fuoco crivellandola di colpi. Farinacci uscì miracolosamente illeso, protetto dai bagagli che intasavano l'abitacolo. Condotto a Vimercate venne sottoposto a un processo sommario. Tentò inutilmente di professarsi innocente dalle accuse di essere il mandante di innumerevoli violenze e omicidi, e pretese di essere giudicato a Cremona, ma fu tutto inutile: lo condannarono a morte. Davanti al plotone di esecuzione ebbe un ultimo sussulto di dignità e si rifiutò di essere fucilato nella schiena. I partigiani lo accontentarono e spararono al petto. Era il 28 aprile 1945.

DI LÀ DALL'ATLANTICO, DI QUA DALLA PARMA

Il vecchio Ardito si alza. Raccoglie l'asta della sua vecchia insegna arrotolata e saluta i giovani al tavolo. Uno gli chiede:

"E così, Balbo non c'è più tornato, a Parma?".

"Sì, sì, prima della guerra, e subito dopo le sue imprese aviatorie. Venne a raccogliere gli onori che gli tributavano ovunque per via delle trasvolate oceaniche, ma Parma, ancora una volta, riuscì a fargli andare il boccone di traverso."

Italo Balbo arriva a Parma attorniato da gerarchi in alta uniforme, lui stesso indossa l'impeccabile divisa da Maresciallo dell'Aria, e viene accolto dalle autorità cittadine in pompa magna. Mentre sfila a bordo dell'auto scoperta sul lungotorrente, nota che le personalità accanto a lui gettano occhiate di traverso al di là del greto e si muovono imbarazzati sui sedili della macchina. Balbo, incuriosito, si sporge a guardare, anche se il gerarca di fianco tenta di distrarlo. Balbo ordina all'autista di fermarsi. Fissa la muraglia lungo l'argine, e quando l'auto si blocca, scende e si avvicina al bordo.

Una scritta enorme, ben visibile da decine di metri, di colore rosso fuoco, dice in dialetto parmigiano:

BALBO, T'È PASÉ L'ATLANTIC
MO MIGA LA PERMA

Balbo, avrai anche passato l'Atlantico, ma non sei riuscito a passare il torrente Parma.

Eh sì, fu una bella soddisfazione, in pieno regime fascista, dargli quel benvenuto in città. Dicono che sul momento la prese in ridere ma poi, in privato, andò su tutte le furie. Perché se è vero che era capace di riconoscere il coraggio del nemico, essere preso per il culo gli bruciava più delle sconfitte.

Ringraziamenti

Ringrazio Andrea e William Gambetta, che oltre a fornirmi materiali e indicazioni per ricostruire gli eventi e per dare voce ai protagonisti, mi fanno sentire "a casa mia" ogni volta che passo da Parma. Dall'amicizia che ci unisce è nata l'idea di scrivere *Oltretorrente*.

E grazie a Mario Palazzino, a Massimo Giuffredi, a Umberto Sereni, a Giordano Cotichelli per la collaborazione durante le ricerche, e a Vittorio Segreto del Palazzo della Musica di Parma per i preziosi consigli.

Ringrazio anche il Comune di Parma, che mi ha incaricato di scrivere una rievocazione narrata delle barricate del 1922, da cui avrebbe poi preso corpo questo libro. E la Fondazione Culturale Edison, che tra le tante iniziative memorabili prodotte a Parma, coltiva anche il sogno di far rivivere i barricadieri del '22 sugli schermi. Infine, sarò sempre grato agli amici dell'Edison per aver fatto nascere un altro rapporto di amicizia, quello che mi lega a Sebastião Salgado, uno degli uomini che più stimo in questo travagliato mondo.

Bibliografia

AA.VV., *Dietro le barricate, Parma 1922*, testi, immagini e documenti della mostra (30 aprile-30 maggio 1983), edizione a cura del Comune e della Provincia di Parma e dell'Istituto Storico della Resistenza per la Provincia di Parma.

AA.VV., *Pro Memoria. La città, le barricate, il monumento*, scritti in occasione della posa del monumento alle barricate del 1922, edizione a cura del Comune di Parma, Parma 1997.

Italo Balbo, *Diario 1922*, Mondadori, Milano 1932.

Luciana Brunazzi, *Parma nel primo dopoguerra, 1919-1920*, Quaderno n. 3, Istituto Storico della Resistenza per la Provincia di Parma, Parma 1981.

Victoria De Grazia e Sergio Luzzatto (a cura di), *Dizionario del fascismo*, Einaudi, Torino 2002.

Luigi Di Lembo, *Guerra di classe e lotta umana, l'anarchismo in Italia dal Biennio Rosso alla guerra di Spagna (1919-1939)*, edizioni Biblioteca Franco Serantini, Pisa 2001.

Eros Francescangeli, *Arditi del Popolo*, Odradek, Roma 2000.

Gianni Furlotti, *Parma libertaria*, edizioni Biblioteca Franco Serantini, Pisa 2001.

Dianella Gagliani e Fiorenzo Sicuri, *Guido Picelli*, Centro di documentazione Remo Polizzi, Parma 1987.

William Gambetta, "*Almirante non parlerà!* Radici e caratteri dell'antifascismo militante parmense", in AA.VV. *Parma dentro la rivolta*, Edizioni Punto Rosso, Milano 2000.

William Gambetta, "L'antifascismo rimosso. L'omicidio di Mario Lupo e il movimento antifascista degli anni settanta", in "Critica e conflitto", anno VI, n. 7/8, luglio-agosto 2002.

William Gambetta, "Nemici a confronto. Movimento cattolico e sinistra nella Parma del primo dopoguerra 1919-1922", in *Giu-*

seppe Micheli nella storia d'Italia e nella storia di Parma, a cura di Giorgio Vecchio e Matteo Truffelli, Carocci, Roma 2002.
Emilio Gentile, *Storia del partito fascista, 1919-1922. Movimento e Milizia*, Laterza, Bari 1989.
Antonio Gramsci, *La città futura*, numero unico pubblicato dalla Federazione Giovanile Socialista Piemontese, 1917. Riproduzione dell'originale a cura dell'editore Viglongo, Torino 1952.
Giordano Bruno Guerri, *Italo Balbo*, Oscar Mondadori, Milano1998.
Marco Minardi, *Ragazze dei borghi in tempo di guerra, storie di operaie e di antifasciste dei quartieri popolari di Parma*, Edizioni dell'Istituto Storico della Resistenza per la Provincia di Parma, Parma 1991.
Mario Palazzino, *"Da Prefetto Parma a gabinetto Ministro Interno", le barricate del 1922 attraverso i dispacci dei tutori dell'ordine pubblico*, Archivio di Stato di Parma, Silva Editore, Collecchio 2002.
Marco Rossi, *Arditi, non gendarmi! Dall'arditismo di guerra agli Arditi del Popolo, 1917-1922*, edizioni Biblioteca Franco Serantini, Pisa 1997.
Giuseppe Stefanini, *Fascismo parmense – Cronistoria*, La Bodoniana Tipografia Mutilati, Parma 1923.
Paolo Tomasi, articoli su Antonio Cieri e su Guido Picelli pubblicati sulla "Gazzetta di Parma" (19 settembre 1979, 19 ottobre 1981, 14 marzo 1982, 11 luglio 1983).

Discorsi, comizi e brani attribuiti in questo libro a Guido Picelli sono tratti dai suoi scritti.

L'appartamento nel cuore dell'Oltretorrente, dove abitò fino al 1923, all'epoca era al numero 71, come risulta dalle schedature e dai rapporti dei funzionari incaricati di sorvegliarlo, conservati negli archivi della questura di Parma; successivamente, la numerazione ha subito variazioni e oggi corrisponde al numero 49 di Borgo Bernabei.

Indice

Ultimi volumi pubblicati in "Universale Economica"

Pino Cacucci, *La polvere del Messico.* Nuova edizione ampliata
Manuel Scorza, *La Vampata*
Will Ferguson, *Felicità®*
Giovanna De Angelis, Stefano Giovanardi, *Storia della narrativa italiana del Novecento.* I volume (1900-1922)
Umberto Galimberti, *Il gioco delle opinioni.* Opere VIII
Barbara Ehrenreich, *Una paga da fame.* Come (non) si arriva a fine mese nel paese più ricco del mondo
Alexander Lowen, *Bioenergetica*
Vandana Shiva, *Le guerre dell'acqua*
Amos Oz, *Fima*
J.G. Ballard, *Crash*
Isabel Allende, *Il mio paese inventato*
Banana Yoshimoto, *La piccola ombra*
Dario Fo, *Il paese dei Mezaràt.* I miei primi sette anni (e qualcuno in più). A cura di F. Rame
Josephine Hart, *Ricostruzioni*
Witold Gombrowicz, *Cosmo*
Nina Berberova, *Alleviare la sorte*
Manuel Rivas, *Il lapis del falegname*
Eduardo Mendoza, *Il Tempio delle signore*
Giorgio Bettinelli, *Brum brum.* 240.000 chilometri in Vespa
Alex Roggero, *Australian Cargo*
Eva Cantarella, *Itaca.* Eroi, donne, potere tra vendetta e diritto
Gulag. Storia e memoria, a cura di E. Dundovich, F. Gori, E. Guercetti
Massimo Mucchetti, *Licenziare i padroni?* Edizione ampliata

Robert L. Wolke, *Al suo barbiere Einstein la raccontava così*. Vita quotidiana e quesiti scientifici
Maurizio Maggiani, *È stata una vertigine*
Paul Watzlawick, *Il linguaggio del cambiamento*. Elementi di comunicazione terapeutica
Edoardo Sanguineti, *mikrokosmos*. Poesie 1951-2004
Witold Gombrowicz, *Bacacay*. Ricordi del periodo della maturazione
Stefano Benni, *Achille piè veloce*
Daniel Pennac, *Ecco la storia*
Manuel Vázquez Montalbán, *Assassinio al Comitato Centrale*
J.G. Ballard, *Il mondo sommerso*
Paolo Rumiz, *È Oriente*
Pino Cacucci, *Tina*
Paul Smaïl, *Ali il Magnifico*
India Knight, *Single senza pace*
Yu Miri, *Oro rapace*
Witold Gombrowicz, *Trans-Atlantico*
Max Frisch, *Biografia*. Un gioco scenico
Alex Zanotelli, *Korogocho*. Alla scuola dei poveri. A cura di P.M. Mazzola e R. Zordan. Postfazione di A. Paoli
Michel Foucault, *Antologia*. L'impazienza della libertà. A cura di V. Sorrentino
Salvatore Natoli, *La verità in gioco*. Scritti su Foucault
Erich Auerbach, *Studi su Dante*. Prefazione di D. Della Terza
Kevin D. Mitnick, *L'arte dell'inganno*. I consigli dell'hacker più famoso del mondo. Scritto con W.L. Simon. Introduzione di S. Wozniak
Jesper Juul, *Ragazzi, a tavola!* Il momento del pasto come specchio delle relazioni familiari
Paolo Pejrone, *In giardino non si è mai soli*. Diario di un giardiniere curioso
Cristina Comencini, *La bestia nel cuore*
Calixthe Beyala, *Gli onori perduti*
Richard Ford, *Infiniti peccati*
Giorgio Bocca, *Partigiani della montagna*
Guglielmo Petroni, *Il mondo è una prigione*
Ryszard Kapuściński, *La prima guerra del football* e altre guerre di poveri
Umberto Galimberti, *Il tramonto dell'Occidente* nella lettura di Heidegger e Jaspers. Opere I-III
Ernst Bloch, *Ateismo nel cristianesimo*. Per la religione dell'Esodo e del Regno. "Chi vede me vede il Padre"

Renato Barilli, *L'arte contemporanea.* Da Cézanne alle ultime tendenze. Nuova edizione
Tomás Maldonado, *Reale e virtuale.* Nuova edizione
J.G. Ballard, *Foresta di cristallo*
Amos Oz, *Una storia di amore e di tenebra*
Banana Yoshimoto, *Arcobaleno*
Erri De Luca, *Il contrario di uno*
Kurt Vonnegut, *Mattatoio N. 5* o La crociata dei bambini
Rossana Campo, *L'uomo che non ho sposato*
Giuseppe Montesano, *Di questa vita menzognera*
Isabel Losada, *Voglio vivere così.* Una donna alla ricerca dell'Illuminazione
Francesco Piccolo, *Allegro occidentale*
Witold Gombrowicz, *Pornografia*
Giovanni Bollea, *Genitori grandi maestri di felicità*
Marcel Rufo, *Le bugie vere.* Per imparare a dialogare con i propri figli
Gilles Deleuze, *Logica del senso*
Vanna Vannuccini, Francesca Predazzi, *Piccolo viaggio nell'anima tedesca*
Anthony Bourdain, *Kitchen Confidential.* Avventure gastronomiche a New York
Pino Cacucci, *Oltretorrente*
Péter Esterházy, *Harmonia Cælestis*
Eugenio Borgna, *Le figure dell'ansia*
Luciano Ligabue, *La neve se ne frega*
Frederic Ewen, *Bertolt Brecht.* La vita, l'opera, i tempi
Miguel Benasayag, Gérard Schmit, *L'epoca delle passioni tristi*
Mikael Niemi, *Musica rock da Vittula*
Kader Abdolah, *Il viaggio delle bottiglie vuote*
Paul Bowles, *Il tè nel deserto*
Paul Bowles, *La delicata preda*
Banana Yoshimoto, *Presagio triste*
Simonetta Agnello Hornby, *La Zia Marchesa*
J.G. Ballard, *Millennium People*
Alejandro Jodorowsky, *La danza della realtà*
Umberto Galimberti, *Parole nomadi.* Opere X
Franco Rella, *L'enigma della bellezza*
Manuel Castells, *Galassia Internet*
Isabel Allende, *La città delle Bestie*
Isabel Allende, *Il Regno del Drago d'oro*
Isabel Allende, *La foresta dei pigmei*

Stampa Grafica Sipiel
Milano, febbraio 2006